MW01705310

LEOPOLD VON SACHER-MASOCH

Leopold von Sacher-Masoch (1836-1895) est un écrivain de langue allemande né dans l'actuelle Ukraine. Son célèbre roman *La Vénus à la fourrure*, publié en 1870, est un classique de la littérature érotique. Un psychiatre allemand théorisa le *masochisme*, une perversion sexuelle dérivée de son nom et synonyme de flagellation passionnelle. Une grande partie de l'œuvre de Sacher-Masoch est constituée de nouvelles et de romans à tonalité historique et non dénués d'humour, présentant la mosaïque des peuples d'Europe centrale et de l'Est. Dans *Le Legs de Caïn*, titre d'un vaste cycle romanesque d'une vingtaine de livres, loin de se cantonner au statut d'adepte du plaisir dans la douleur, il affirma son ambition de décrire « la lutte pour l'existence dans le pire des mondes possibles ».

LA VÉNUS
À LA FOURRURE

DU MÊME AUTEUR
CHEZ POCKET

FEMMES SLAVES
LA VÉNUS À LA FOURRURE

LEOPOLD VON SACHER-MASOCH

LA VÉNUS À LA FOURRURE

Nouvelle traduction de Pierre Malherbet

POCKET

Titre original :
VENUS IM PELZ

MIXTE
Papier issu de sources responsables
FSC® C003309
FSC
www.fsc.org

Pocket, une marque d'Univers Poche,
est un éditeur qui s'engage pour la préservation
de son environnement et qui utilise du papier fabriqué
à partir de bois provenant de forêts gérées
de manière responsable.

Le Code de la propriété intellectuelle n'autorisant, aux termes de l'article L. 122-5, 2° et 3° a, d'une part, que les « copies ou reproductions strictement réservées à l'usage privé du copiste et non destinées à une utilisation collective » et, d'autre part, que les analyses et les courtes citations dans un but d'exemple et d'illustration, « toute représentation ou reproduction intégrale ou partielle faite sans le consentement de l'auteur ou de ses ayants droit ou ayants cause est illicite » (art. L. 122-4).
Cette représentation ou reproduction, par quelque procédé que ce soit, constituerait donc une contrefaçon, sanctionnée par les articles L. 335-2 et suivants du Code de la propriété intellectuelle.

© 2013 Pocket pour la traduction française
et la présente édition.
ISBN : 978-2-266-24068-0

« Mais le Seigneur tout-puissant l'a châtié ; il l'a livré aux mains d'une femme. »

Livre de Judith, XVI, 7

J'étais en agréable compagnie.

En face de moi, non loin de l'imposante cheminée Renaissance, siégeait Vénus[1] ; non pas une quelconque demi-mondaine qui, sous ce nom, aurait mené la guerre au sexe opposé, à la manière de Mademoiselle Cléopâtre, mais la déesse de l'amour en personne.

Assise dans un fauteuil, elle avait attisé un feu crépitant ; le reflet de ses flammes rouges léchait son visage blême aux yeux blancs ainsi que ses pieds lorsqu'elle les approchait pour tenter de les réchauffer.

Sa tête était splendide malgré ses yeux de pierre sans vie – c'était d'ailleurs tout ce que je voyais d'elle. Sa Majesté avait enroulé son corps de marbre dans une grande fourrure où elle s'était pelotonnée à la manière d'une chatte – elle frissonnait.

« Je ne comprends pas, Madame, lui ai-je lancé. En vérité, il ne fait plus froid – voilà deux semaines

1. Vénus est, dans la mythologie romaine, la déesse de l'amour, de la séduction et de la beauté (toutes les notes sont de l'éditeur).

que nous avons un printemps des plus radieux. De toute évidence, vous êtes nerveuse.

— Je vous remercie pour votre printemps, répondit-elle de sa sourde voix de pierre, puis d'éternuer divinement à deux reprises. Je ne peux vraiment plus le supporter, et je commence à comprendre...

— Quoi donc, très chère ?

— Je commence à croire en l'incroyable, à concevoir l'inconcevable. Soudain, je comprends la vertu féminine germanique ainsi que la philosophie allemande et je ne suis plus surprise que vous ne sachiez aimer dans ces contrées du Nord, que vous n'ayez pas même la moindre idée de ce qu'aimer signifie.

— Permettez-moi, Madame, rétorquai-je vivement. Je n'ai rien fait qui pût vous contrarier.

— Vous, non..., acquiesça la déesse en éternuant pour la troisième fois et en haussant les épaules avec une grâce inimitable. C'est pour cette raison que je suis toujours restée bienveillante à votre égard et qu'il m'arrive encore de vous rendre visite bien que je tombe malade aussitôt – malgré mes nombreuses fourrures. Vous souvenez-vous encore de notre première rencontre ?

— Comment pourrais-je l'oublier ? répondis-je. Vous aviez jadis des boucles brunes en cascade, des yeux marron et des lèvres pourpres, mais je vous ai reconnue sur-le-champ aux traits de votre visage et à votre teint marmoréen[1] – déjà, vous étiez vêtue d'une veste de velours violette garnie de petit-gris.

1. De marbre.

— Si fait. Et vous étiez même très entiché de cette toilette ! Et votre esprit était si vif !

— Vous m'avez enseigné ce qu'est l'amour, votre culte divin m'a fait oublier deux mille ans d'histoire.

— Et je vous ai été fidèle comme jamais.

— Pour ce qui est de la fidélité…

— Ingrat !

— Je ne vous reproche rien. Vous êtes sans conteste une divine créature – mais une femme en premier lieu, et, à l'instar des autres femmes, vous êtes cruelle en amour.

— Vous appelez cruauté, rétorqua vivement la déesse, ce qui n'est que partie de la sensualité, de l'amour vrai, ce qui est la nature de la femme : se donner lorsqu'elle aime et aimer tout ce qu'il lui plaît.

— Y a-t-il pour l'amant une manière de cruauté supérieure à l'infidélité de l'être aimé ?

— Ah ! répliqua-t-elle, nous sommes fidèles tant que nous aimons – alors que vous exigez de la femme fidélité sans amour, don de soi sans plaisir. Qui est donc cruel, la femme ou l'homme ? Dans le Nord, vous prenez l'amour avec bien trop de sérieux et de gravité. Vous parlez de devoirs là où on ne devrait parler que de plaisirs.

— Certes, Madame, c'est pourquoi nous nourrissons des sentiments très respectables et vertueux et que nous entretenons des relations durables.

— Et pourtant, reprit la déesse, cette nostalgie éternelle, intense et jamais rassasiée du paganisme[1] pur… mais cet amour qui est la joie la plus céleste, l'incarnation de la sérénité divine ne vous convient

1. Religion des païens.

pas, à vous autres, hommes modernes, enfants de la réflexion. Il vous rend malheureux. Sitôt que vous voulez être naturels, vous devenez vulgaires. La nature vous apparaît comme une ennemie, vous avez fait de nous autres, les dieux riants de la Grèce, des démons, de moi, une diablesse. Vous ne pouvez que me bannir et me maudire ou vous offrir en victimes, au pied de mon autel, en de folles bacchanales. Et que l'un de vous s'enhardisse seulement à baiser mes lèvres écarlates, alors il devra gagner Rome, nu-pieds et vêtu d'une haire[1], pour y attendre que bourgeonne le tronc sec alors qu'à mes pieds roses, violettes et myrtes ne cessent d'éclore – mais cet effluve ne vous parvient pas ; restez donc dans votre brouillard nordique et votre encens chrétien ; laissez-nous, les païens, reposer sous les ruines et la lave, ne nous exhumez pas – Pompéi, nos villas, nos bains et nos temples n'ont pas été bâtis pour vous. Vous n'avez nul besoin de dieux ! Nous gelons dans votre monde ! »

La belle dame de marbre toussa et ajusta sa sombre fourrure de zibeline[2] autour de ses épaules.

« Je vous remercie pour cette leçon de classicisme, répondis-je, mais vous ne pouvez nier qu'hommes et femmes sont ennemis par nature, dans votre monde chaud et ensoleillé comme dans notre monde brumeux, que l'amour les unit pour peu de temps en un seul être capable d'une seule pensée, d'une seule sensibilité, d'une seule volonté afin de

1. On peut dire également « cilice », vêtement fait de tissu rude et piquant que l'on porte à même la peau en signe de mortification.

2. Animal recherché pour sa peau et ses poils doux et fins.

pouvoir mieux encore les séparer et – vous le savez mieux que moi – celui qui ne peut se résoudre à asservir sentira très vite le pied de l'autre sur son cou.

— Généralement, l'homme est écrasé par le pied de la femme, lança Vénus avec une impertinente ironie, ce que vous savez mieux que moi.

— Certainement ! C'est pourquoi je ne nourris aucune illusion.

— Cela signifie que vous êtes dorénavant mon esclave sans illusions et que je vais vous écraser sans pitié.

— Madame !

— Vous ne me connaissez pas encore ; oui, je suis cruelle – parce que vous éprouvez déjà tant de plaisir à ces paroles – et n'ai-je pas raison de l'être ? L'homme désire, la femme est désirée. C'est le seul avantage de la femme, mais ô combien décisif ! La nature lui a livré l'homme grâce à sa passion et la femme qui n'en ferait son sujet, son esclave, oui ! son jouet, pour le mieux trahir en ricanant, celle-là est insensée.

— Vos principes, très chère… fis-je, offusqué.

— … reposent sur une expérience millénaire, railla Vénus alors que ses doigts blancs jouaient dans la sombre fourrure. Plus la femme se montre docile, plus vite l'homme devient froid et dominateur ; mais plus elle est cruelle et infidèle, plus elle le maltraite, plus méchamment elle joue avec lui, moins elle montre de pitié, alors elle attise la volupté de l'homme, elle en devient aimée et adorée. Il en a été ainsi de tout temps, depuis

Hélène[1] et Dalila[2] jusqu'à Catherine II[3] et Lola Montez[4].

— Je ne peux le nier, dis-je. Rien ne peut davantage exciter un homme que l'image d'une belle despote, voluptueuse et cruelle, qui change de favori insolemment et sans égard selon son humeur.

— Et qui, de surcroît, porte une fourrure ! lança la déesse.

— Pourquoi dites-vous ça ?

— Je connais bien vos goûts.

— Mais savez-vous, remarquai-je, que vous êtes devenue très coquette depuis notre dernière rencontre.

— Qu'est-ce à dire ? Si vous me le permettez.

— Parce que votre corps d'albâtre ne saurait trouver plus bel écrin que ces sombres fourrures et que… »

La déesse se prit à rire.

« Vous rêvez, cria-t-elle, réveillez-vous ! et elle saisit mon bras de sa main de marbre. Mais réveillez-vous ! » tonna sa voix d'outre-tombe. J'ouvris les yeux avec peine.

Je vis la main qui me secouait, mais cette main était brune comme le bronze et la voix n'était autre

---

1. Hélène, la fille de Zeus, la plus belle femme du monde selon la mythologie grecque, qui déclencha malgré elle la guerre de Troie.

2. Dalila est un personnage de la Bible, une figure fatale et traîtresse.

3. Catherine II de Russie (1729-1796), aussi appelée la « Grande Catherine », impératrice et autocrate de toutes les Russies de 1762 à sa mort.

4. Lola Montez (1821-1861) est une danseuse, actrice et courtisane d'origine irlandaise, célèbre pour avoir été la maîtresse du roi Louis Ier de Bavière.

que la voix embrumée de schnaps de mon cosaque qui se tenait devant moi, de toute la hauteur de ses six pieds.

« Levez-vous donc, reprit-il, c'est une vraie honte !

— Et pourquoi une honte ?

— Une honte de s'endormir tout habillé, et qui plus est, sur un livre ! » Il débarrassa les chandelles consumées et mit de côté le volume qui m'était tombé des mains. « Sur un livre de (il l'ouvrit) Hegel[1]. Il est plus que temps de nous rendre chez Monsieur Séverin qui nous attend pour le thé. »

« Un rêve bien étrange », dit Séverin après que je lui eus raconté. Les coudes sur ses genoux, le visage entouré de ses mains fines et marbrées, il sombra dans ses pensées.

Je savais qu'il resterait un long moment sans bouger, qu'il ne respirerait qu'à peine ; c'est ce qu'il se produisit. Son comportement m'était naturel, une franche amitié nous liait depuis presque trois ans et je m'étais habitué à toutes ses étrangetés. Étrange, il l'était, on ne pouvait le nier, même s'il n'était pas le fou dangereux pour lequel il passait, non seulement auprès de son voisinage, mais également auprès de tout le petit cercle de Kolomyia[2]. Son être ne m'était pas seulement intéressant, mais également – raison pour laquelle bien des gens me tenaient pour légèrement dérangé – sympathique au plus haut point.

---

1. Georg Wilhelm Friedrich Hegel (1770-1831) est un philosophe allemand.

2. Ville située en Ukraine.

Pour le gentilhomme galicien[1] et propriétaire terrien qu'il était, pour son âge aussi – il avait à peine plus de trente ans –, il faisait preuve d'une remarquable lucidité sur l'être humain, d'un certain sérieux, de pédanterie même. Il vivait selon un système minutieusement réglé, mi-philosophique, mi-pratique, d'après une pendule, pour ainsi dire, mais également d'après le thermomètre, le baromètre, l'aéromètre, l'hydromètre[2], Hippocrate[3], Hufeland[4], Platon[5], Kant[6], Knigge[7] et Lord Chesterfield[8] ; ce faisant, il cédait parfois à des crises d'une grande violence où il faisait mine de se taper la tête contre les murs et où chacun l'évitait.

Tandis qu'il restait silencieux, chantaient le feu dans l'âtre, le grand et respectable samovar, le grillon dans le vieux mur ainsi que le fauteuil ancestral dans

1. Venu de Galice, région du nord-ouest de l'Espagne.

2. Instruments de mesure pour la température, la pression atmosphérique, la condensation de l'air, la force des liquides.

3. Hippocrate (env. 460 av. J.-C.-370 av. J.-C.) est un médecin et philosophe grec, traditionnellement considéré comme le « père de la médecine ».

4. Christoph Wilhelm Hufeland (1762-1836) est le premier médecin du roi de Prusse Frédéric III et de la reine Louise de Prusse, reconnu comme un des précurseurs de la médecine préventive antivieillissement.

5. Platon (env. 428 av. J.-C.-348 av. J.-C.) est un philosophe grec dont l'influence et les réflexions agissent encore aujourd'hui sur la philosophie occidentale.

6. Emmanuel Kant (1724-1804) est un philosophe allemand ayant eu une grande influence sur la pensée de son temps.

7. Adolph Knigge (1752-1796) est un écrivain allemand, philosophe du siècle des Lumières.

8. Lord Chesterfield, quatrième comte du nom, (1694-1773) est un homme politique et écrivain britannique.

lequel, me balançant, je fumais mon cigare. Je laissais alors errer mon regard sur les objets singuliers, squelettes d'animaux, volatiles empaillés, globes, moulages en plâtre qui encombraient la pièce, jusqu'à ce qu'il rencontrât par hasard un tableau que j'avais déjà vu souvent, mais qui, aujourd'hui, dans les reflets rouges du foyer, me fit une indescriptible impression.

C'était une grande huile aux couleurs vives, dans la manière de l'école flamande, au bien étrange sujet.

Une belle femme, au visage fin poudré à frimas[1], illuminé d'un large sourire, à la chevelure abondante, relevée par un chignon antique, était allongée dans une ottomane[2], appuyée sur le bras gauche, nue dans une fourrure sombre ; de sa main droite, elle jouait avec un fouet alors que son pied s'appuyait négligemment sur l'homme allongé devant elle comme un esclave, comme un chien – et cet homme, aux traits marqués, mais harmonieux qui accusaient une mélancolie larvée et l'abnégation de la passion, cet homme qui posait sur elle le regard exalté et brûlant d'un martyr, cet homme qui servait de tabouret à ses pieds, n'était autre que Séverin – sans barbe, apparemment plus jeune de dix ans.

« Vénus à la fourrure ! me suis-je exclamé en désignant le tableau. Telle que je l'ai rêvée.

— Moi de même, fit Séverin, mais j'en ai rêvé éveillé.

— Comment ?

— Ah ! C'est une drôle d'histoire.

— Ton tableau a de toute évidence engendré

1. Se dit d'une poudre blanche.
2. Sorte de grand siège sans dossier.

mon rêve, continuai-je, mais, dis-moi enfin en quoi il a joué un rôle dans ta vie, et un rôle déterminant, me semble-t-il – j'attends que tu m'en contes davantage.

— Regarde bien la toile qui lui fait face », répondit mon fantasque ami sans même relever ma question.

Elle représentait une somptueuse copie de *La Vénus au miroir* de Titien[1] exposée à la Dresdener Galerie[2].

« Soit. Que veux-tu dire par là ? »

Séverin s'est levé pour montrer du doigt la fourrure dont Titien avait vêtu sa déesse de l'amour.

« Ici aussi ? Une Vénus à la fourrure ? dit-il en souriant légèrement. Je ne crois pas que le vieux Vénitien l'ait fait exprès. Il a juste réalisé le portrait d'une quelconque Messaline[3] distinguée et il a eu la courtoisie de faire porter le miroir, dans lequel elle examine d'un plaisir froid son auguste beauté, par Cupidon lui-même, qui trouve la tâche bien déplaisante. Le tableau n'est qu'une flatterie peinte. Plus tard, un "connaisseur" de l'époque rococo a baptisé la dame du nom de Vénus, et la fourrure de la despote dans laquelle le beau modèle de Titien s'est lové, plus par peur d'attraper froid que par pudeur, est devenue un symbole de la tyrannie et

---

1. Titien (1488-1576) est un peintre italien de l'école vénitienne, auteur d'une importante œuvre picturale.

2. Galerie située en Allemagne, à Dresde. Le tableau est aujourd'hui exposé à la National Gallery of Art à Washington, aux États-Unis.

3. Valeria Messalina, troisième épouse de l'empereur romain Claude, mère de Britannicus, célèbre pour son dévergondage et sa conduite scandaleuse.

de la cruauté qui habitent les femmes et leur beauté. Mais assez ! Tel qu'il est, ce tableau nous apparaît comme la satire la plus mordante de nos amours. Vénus, qui, dans le monde abstrait du Nord, notre monde glacial et chrétien, doit s'emmitoufler dans une épaisse et large fourrure pour ne pas prendre froid. »

Séverin se mit à rire et alluma une nouvelle cigarette.

C'est alors que s'est ouverte la porte et qu'est rentrée une jolie blonde accorte, au regard vif et avenant, vêtue d'une robe de soie noire ; elle nous apportait de la viande froide et des œufs pour le thé. Séverin prit l'un deux et l'ouvrit d'un coup de couteau.

« Ne t'ai-je pas dit que je les veux mollets ! s'emporta-t-il si violemment que la jeune femme en trembla.

— Mon cher Sewtschu, fit-elle craintivement.

— Quoi, Sewtschu ? cria-t-il. Obéir, tu dois obéir, comprends-tu ? » Et il attrapa le knout[1] qui pendait au clou à côté de ses armes.

La belle femme quitta les licux en courant, telle la biche effrayée.

« Attends un peu que je t'y reprenne ! hurla-t-il.

— Mais Séverin, dis-je en posant ma main sur son bras, comment peux-tu maltraiter ainsi cette jolie petite femme ?

— Regarde donc cette créature ! répondit-il en clignant malicieusement des yeux, si je l'avais flattée, clle m'aurait passé la corde au cou, mais en agissant

1. Fouet.

de la sorte, parce que je la dresse au knout, elle m'adore.

— Tais-toi !

— C'est à toi de te taire. C'est ainsi qu'on doit dresser les femmes.

— Règne en pacha dans ton harem, mais épargne-moi tes théories.

— Et pourquoi pas ? rétorqua-t-il vivement. Ce mot de Goethe : “Tu dois être l'enclume ou le marteau”, illustre parfaitement les relations entre hommes et femmes ainsi que te l'a incidemment dit Vénus en rêve. Dans la passion de l'homme se niche le pouvoir de la femme et elle s'y entend pour l'utiliser si l'homme n'y prend garde. Il n'a pour seul choix que d'être le tyran ou l'esclave de la femme. Qu'il s'abandonne, alors il passera sous son joug et il tâtera du fouet.

— Étranges maximes !

— Pas des maximes, de l'expérience, répondit-il en hochant la tête, j'ai été sérieusement fouetté, j'en suis guéri. Veux-tu lire comment ? »

Il se leva pour aller chercher un petit manuscrit à son bureau massif. Il le posa devant moi sur la table.

« Précédemment déjà, tu m'avais questionné sur ce tableau. Voilà longtemps que je te dois une explication. La voici. Lis ! »

Séverin s'assit à côté de l'âtre, me tournant le dos – il avait l'air de rêver tout éveillé. De nouveau, il s'était claquemuré, de nouveau chantaient le feu dans l'âtre, le samovar et le grillon dans le vieux mur. J'ouvris le manuscrit et commençai à lire.

« Confessions d'un suprasensuel »

En marge du manuscrit, il y avait en guise d'épigraphe une variation sur les fameux vers du Faust :

« Ô toi, sensuel séducteur suprasensuel,
Une femme te mène par le bout du nez. »
Méphistophélès[1]

Je tournai la page de titre et lu :

Ce qui va suivre, je l'ai tiré de mon ancien journal intime parce qu'on ne peut jamais représenter son passé de manière impartiale ; ainsi, tout se pare de couleurs fraîches ; les couleurs du présent.

Gogol[2], le Molière russe, dit quelque part – mais où ? – « La vraie muse de la comédie est celle qui pleure sous un masque qui rit. »

Formidable sentence ! Je me sens dans un état étrange en écrivant ces lignes. L'air me semble chargé d'un excitant parfum de fleur qui m'anesthésie et me donne mal au crâne, de la cheminée s'échappent des volutes de fumée qui forment des personnages, de petits farfadets à barbe grise, qui me pointent du doigt en persiflant, des cupidons joufflus qui chevauchent le dossier de ma chaise et mes genoux, et, je n'ai d'autre

---

1. Un des sept princes de l'Enfer, incarnant parfois le diable sur terre.

2. Nicolas Gogol (1809-1852) est un écrivain russe d'origine ukrainienne.

choix que de sourire, de rire à voix haute en rédigeant mes aventures. Et pourtant : je n'écris pas avec l'encre ordinaire, mais avec le sang rouge qui coule de mon cœur, dont les blessures depuis longtemps cicatrisées se sont rouvertes, ce cœur qui souffre et frémit. Çà et là coule une larme sur le papier.

Les journées s'étirent mollement dans la petite ville thermale des Carpates[1]. On n'y voit personne, on n'y est vu de personne. On s'y ennuie au point d'écrire des idylles. J'aurais pu y peindre des tableaux pour une galerie entière, écrire des pièces pour toute la saison d'un théâtre, fournir une dizaine de virtuoses en concerti, duos et trios, mais – que dis-je là ! – je n'ai finalement guère fait plus que tendre les toiles, enduire les mèches de colophane[2], tracer des lignes sur les partitions, en effet, je suis – Ah ! pas de fausse pudeur, ami Séverin, mens aux autres, mais il ne te réussit plus de te mentir à toi-même –, je ne suis donc rien d'autre qu'un dilettante ; un dilettante en peinture, en poésie, en musique et dans d'autres arts dont on dit qu'ils ne nourrissent pas son homme, mais qui, de nos jours, assurent à leurs virtuoses les revenus d'un ministre, même d'un petit potentat ; et, plus que tout, je suis un dilettante pour les choses de la vie.

J'ai vécu jusqu'à aujourd'hui comme j'ai peint ou fait de la poésie, ce qui signifie que je ne suis jamais allé au-delà de la première couche, du plan, du premier acte, de la première strophe. Il est de ces

1. Au cœur de l'Europe donc.

2. Sorte de résine dont on se sert pour frotter les crins de l'archet d'un instrument à cordes.

hommes qui commencent tout et ne mènent jamais rien à son terme ; un tel homme, voilà ce que je suis.

Mais qu'est-ce que je raconte, là ?

Au fait.

Étendu à la fenêtre, je finis par trouver infiniment poétique ce nid qui me désespère tant : quelle vue sur les hautes parois bleues des montagnes, baignées dans un parfum de soleil doré, à travers lesquelles les torrents dessinent des rubans argentés ! Quel ciel clair et bleu, où se dressent les pointes enneigées ! Quelle verdure et quelle fraîcheur sur les pentes boisées ! Ces pâturages où paissent de petits troupeaux ! Les vagues blondes des champs de blé où les faucheurs se courbent puis se redressent !

La maison que j'occupe se trouve très à l'écart dans une sorte de parc, ou de bois, ou de forêt, c'est selon.

Sinon moi, y vit une veuve de Lviv[1], la maîtresse de maison, Madame Tartakowska, une petite dame âgée qui, jour après jour, devient plus petite et plus âgée, un vieux chien qui va en boitant sur une patte, un chaton qui ne cesse de jouer avec une pelote, laquelle appartient, je crois, à la belle veuve.

Elle doit être vraiment belle, cette veuve, et encore très jeune, vingt-quatre ans tout au plus, et très riche. Elle occupe le premier étage, j'habite au rez-de-chaussée. Ses jalousies vertes sont toujours fermées et son balcon agrémenté de plantes grimpantes. J'ai, quant à moi, ma chère et douce gloriette[2] de verdure où je lis, j'écris, je peins et je chante, comme un oiseau dans les branches. Je peux voir le balcon. Il m'arrive de regarder vraiment

1. À l'ouest de l'Ukraine.
2. Tonnelle.

ce qu'il s'y passe, et, de temps en temps, brille une robe blanche dans l'épais fouillis de verdure.

À vrai dire, la belle femme d'en haut m'intéresse très peu puisque j'en aime une autre, d'un amour qui me rend malheureux au plus haut point, bien plus malheureux encore que le chevalier de Toggenburg[1] ou le chevalier de *Manon Lescaut*[2] ; en effet, ma bien-aimée est de pierre.

Dans le jardin, au milieu de cette modeste forêt, se trouve une gracieuse petite prairie où broutent paisiblement quelques biches dociles. Il y a dans cette prairie une Vénus de pierre dont l'original, je crois, est à Florence ; cette Vénus est la plus belle femme que j'aie jamais vue.

Ça ne veut pourtant pas dire grand-chose ; je n'ai vu que peu de belles femmes, que peu de femmes même, et je ne suis qu'un dilettante également lorsqu'il s'agit d'amour, un dilettante qui n'est jamais allé au-delà de la première couche, au-delà du premier acte.

À quoi bon alors parler en superlatifs, ce qui est beau peut-il encore être surpassé ?

Assez ! Cette Vénus est belle et je l'aime si passionnément, d'une ardeur si maladive, si follement, de la seule manière dont on puisse aimer une femme qui répond à votre amour par un sourire éternelle-

1. C'est le titre d'une ballade de Friedrich von Schiller (1759-1805), très populaire en Allemagne et mise en musique entre autres par Franz Schubert (1797-1828), qui raconte l'histoire d'un amour impossible.

2. Le titre original de *Manon Lescaut*, l'œuvre de l'Abbé Prévost (1697-1763), est *L'Histoire du chevalier des Grieux et de Manon Lescaut*, également une histoire d'amour tragique.

ment semblable, calme et de pierre. Oui, je l'adore comme il se doit.

Souvent, lorsque le soleil couve dans le bois, je m'allonge sous le feuillage d'un jeune bouleau et je lis. Souvent, je rends visite à ma bien-aimée froide et cruelle, y compris de nuit ; je reste à genoux devant elle, le visage contre les pierres froides où sont posés ses pieds – et je l'adore.

Lorsque monte la Lune dans le ciel – elle est croissante, en ce moment – qu'elle nage entre les arbres, qu'elle plonge la prairie dans une lueur argentée, tout cela est indescriptible : la déesse est comme transfigurée et semble se baigner dans cette lumière feutrée.

Une nuit, alors que je m'en retournais après l'avoir adorée, sur l'une des allées qui conduisent à la maison, j'ai vu soudain, seulement séparée de moi par une galerie de verdure, une silhouette féminine, blanche comme pierre, baignée dans la lumière lunaire ; comme si ma bien-aimée de marbre, exauçant mes prières, avait pris vie et m'avait suivi – mais j'ai été saisi d'une peur sans nom, mon cœur était sur le point d'éclater et au lieu de… Oui, je suis bien un dilettante. J'en suis resté, comme toujours, au second vers. Non ! Au contraire, je ne suis pas resté sur place, je me suis mis à courir, aussi vite que je pouvais.

Quelle coïncidence ! Un Juif, qui faisait commerce de photographies, m'a remis entre les mains l'image de mon idéal ; c'est un cliché de petit format, *La Vénus au miroir* de Titien. Quelle femme ! Je veux écrire un poème. Non ! Je prends la photo et écris au verso : « Vénus à la fourrure. Tu as froid alors que tu attises les flammes. Enveloppe-toi de ta fourrure de despote. Qui y aurait droit, sinon toi, cruelle déesse de la beauté et de l'amour ! »

Puis, l'instant d'après, j'y ai ajouté quelques vers de Goethe[1] que j'avais trouvés il y a peu dans les paralipomènes[2] du Faust.

« À l'amour !
Comme ses deux ailes sentent le mensonge,
Ses flèches, ce sont des griffes,
Ses petites cornes, cachées par la couronne,
C'est à n'en pas douter,
Comme toutes les divinités de Grèce,
Un démon déguisé. »

Puis j'ai posé la photo sur la table devant moi, appuyée contre un livre, et je l'ai contemplée.

La coquetterie froide avec laquelle cette femme splendide drapait ses charmes dans la sombre fourrure de zibeline, la sévérité, la dureté de son visage marmoréen m'émerveillaient et m'inspiraient l'horreur.

Je reprends la plume pour ajouter ce qui suit :

« Aimer, être aimé, quel bonheur ! Et pourtant… que cet éclat semble terne en comparaison de la félicité tourmentée qu'est l'adoration d'une femme qui

1. Goethe (1749-1832) est un poète, romancier, dramaturge et homme d'État allemand. Il reprend à son compte le thème de Faust et raconte le destin de cet homme qui a passé un pacte avec le diable.

2. Cela signifie littéralement « laisser à part » et désigne un addendum placé à la fin d'un ouvrage, précisant des informations qui y étaient omises.

fait de nous son jouet, qui nous rend esclave d'une belle despote, qui nous roue de coups de pied sans la moindre miséricorde. Samson[1] aussi, le héros, le géant, s'est offert une fois encore aux mains de Dalila qui l'avait déjà trahi et l'a trahi de nouveau, puis les philistins l'ont ligoté devant elle et lui ont crevé les yeux, débordants de colère et d'amour, ils sont restés rivés sur la traîtresse jusqu'à leur dernier clignement. »

J'ai pris le petit déjeuner sous ma gloriette, j'ai lu le *Livre de Judith*[2] et jalousé Holopherne, l'horrible païen, pour la femme impériale qui lui trancha la tête et pour sa belle fin sanglante.

« Mais le Seigneur tout-puissant l'a châtié ; il l'a livré aux mains d'une femme. » Cette phrase m'a touché.

Que ces Juifs manquent de galanterie, ai-je pensé, et leur dieu pourrait choisir des expressions plus décentes pour parler du beau sexe.

« Mais le Seigneur tout-puissant l'a châtié ; il l'a livré aux mains d'une femme. », me suis-je répété en moi-même. Que puis-je entreprendre pour être puni à mon tour ?

Pour l'amour de Dieu ! Voici qu'arrive la maîtresse de maison. Cette nuit, elle est devenue plus petite encore. Et là-haut, entre les vrilles des plantes vertes, la robe blanche de nouveau. Est-ce Vénus ou la veuve ?

---

1. Samson est un personnage biblique d'une force herculéenne, trahi par Dalila (voir note 2, p. 16).

2. Un livre de la Bible qui raconte comment la belle et jeune veuve Judith écarte la menace d'une invasion assyrienne en décapitant le général ennemi Holopherne.

Cette fois, c'est la veuve ; Madame Tartakowska me fait la révérence et me demande quelques livres. Je me précipite dans ma chambre pour y rassembler certains volumes.

Je me rappelle trop tard que ma photo de Vénus se trouve dans l'un deux, qu'elle est maintenant là-haut, chez cette femme au teint albâtre, avec mes effusions. Qu'en dira-t-elle ?

Je l'entends rire.

Se gausse-t-elle de moi ?

Pleine Lune ! Elle brille déjà au-dessus des cimes des petits sapins qui bordent le parc, un brouillard argenté envahit la terrasse, les bosquets, tout le paysage à perte de vue, s'estompant doucement dans le lointain, telles des eaux frémissantes.

Je ne peux résister, ça m'appelle, ça m'attire avec étrangeté – je me rhabille et me rends dans le jardin.

Ça me pousse sur la prairie, vers elle, ma déesse, ma bien-aimée.

La nuit est froide. Je frissonne. L'air est chargé de parfums de fleurs et de forêt, il m'enivre.

Quelle fête ! Quelle musique alentour. Un rossignol sanglote. Les étoiles scintillent faiblement dans cette lueur bleu pâle. La prairie semble lisse, comme un miroir, comme la glace sur l'étang.

Sublime et brillante, se dresse la statue de Vénus.

Mais, qu'est-ce donc ?

Des marmoréennes épaules de la déesse, coule une épaisse et sombre fourrure jusqu'à ses pieds – je reste figé, stupéfait, et, derechef, je suis en proie à une indescriptible terreur qui me fait prendre la fuite.

J'allonge le pas ; je constate que j'ai manqué l'allée, et, alors que je veux tourner dans un des couloirs verdoyants, Vénus est assise devant moi sur un banc. La belle femme de pierre ? Non ! La vraie déesse de l'amour, au sang chaud et au pouls palpitant. Oui, elle est devenue vivante pour moi, comme cette statue qui a commencé à respirer pour son maître ; cependant, le miracle ne s'est accompli qu'à moitié. Sa chevelure blanche semble encore être de pierre et sa robe blanche brille comme un clair de lune, à moins que ce ne soit le satin ? Et, de ses épaules tombe la sombre fourrure – mais ses lèvres sont déjà rouges, ses joues prennent des couleurs, de ses yeux sortent deux rayons verts, diaboliques qui se posent sur moi – et voici qu'elle rit.

Son rire est si étrange, si… Ah ! C'est indescriptible, ça me coupe le souffle, je m'enfuis et dois reprendre ma respiration au bout de quelques pas, poursuivi par ce rire moqueur à travers les sombres couloirs verdoyants, à travers les claires pelouses, dans les broussailles où ne passent que quelques rayons de lune ; je ne retrouve plus mon chemin, je tourne en rond, des gouttes froides perlent sur mon front.

Enfin, je m'arrête et tiens un court monologue – envers soi-même, on ne peut être que très correct ou très grossier.

Je me dis donc à moi-même : âne !

Ce mot produit un effet formidable, à la manière d'une formule magique, qui me délivre et me fait recouvrer mes esprits.

Je suis calme de nouveau.

Hilare, je répète : âne ! À nouveau, je vois tout avec clairvoyance et discernement, là, la fontaine, ici, l'allée de buis, là-bas, la maison vers laquelle je me dirige lentement.

Mais voici qu'une fois de plus, derrière le mur de verdure éclairé par le clair de lune, comme brodé d'argent, apparaît la silhouette blanche, la belle femme de pierre, que j'adore, que je crains, devant qui je m'enfuis.

Après quelques pas, je suis à la maison, je reprends mon souffle et réfléchis.

Mais qui suis-je donc, en réalité, un petit dilettante ou un bougre d'âne ?

La matinée est lourde, on étouffe, l'air est chargé d'odeurs fortes, excitantes. Je prends de nouveau place sous ma gloriette et lis cette histoire tirée de l'*Odyssée*[1] où une charmante sorcière change ses ennemis en bêtes sauvages.

Délicieuse image de l'amour antique.

Les branches et les brindilles bruissent doucement, les pages de mon livre bruissent également, de la terrasse, vient aussi un bruissement.

Une robe de femme…

C'est elle – Vénus –, mais sans fourrure. Non ! Cette fois, c'est la veuve, et pourtant, Vénus – oh ! Quelle femme !

Sa manière de se tenir là, dans son léger déshabillé blanc, de me regarder, sa fine silhouette à la fois poétique et gracieuse ; elle n'est ni grande, ni petite, et sa tête, plus ravissante et piquante – comme on disait

---

1. Le récit d'une épopée grecque antique attribuée à Homère (fin du VIIe siècle avant J.-C.), considéré comme l'un des plus grands chefs-d'œuvre de la littérature et, avec l'*Iliade*, comme l'un des deux poèmes fondateurs de la civilisation européenne.

en France du temps des marquises – que réellement belle, et pourtant… qu'elle est charmante ! Quelle douceur, quelle gracieuse espièglerie ornent cette bouche pleine, pas trop petite, la peau est si infiniment tendre qu'y transparaissent des veines bleues, même au travers de la mousseline qui recouvre ses bras et sa gorge. Que les boucles de sa chevelure rousse sont généreuses – oui, elle est rousse, ni blonde, ni argentée – ces boucles qui jouent de manière si diabolique, mais si suave, sur sa nuque, et voici que son regard se pose sur moi, comme un éclair vert – oui, ses yeux sont verts, ses yeux dont la douce violence est indescriptible – vert comme une émeraude, comme un lac de montagne aux profondeurs abyssales.

Elle remarque ce trouble qui me rend impoli – je suis resté assis et ne me suis pas découvert devant elle.

Elle sourit avec malice.

Je me lève enfin pour la saluer. Elle s'approche et éclate d'un rire joyeux, presque un rire d'enfant. Je balbutie comme seul peut bafouiller un petit dilettante ou un bougre d'âne en un tel moment.

C'est ainsi que nous faisons connaissance.

La déesse me demande comment je m'appelle et se présente. Elle me donne son nom : Wanda von Dunajew.

Et elle est vraiment ma Vénus.

« Mais, Madame, comment vous est venue cette idée ?

— Par la petite photo qui se trouvait dans un de vos livres…

— Je l'avais oubliée.

— Ces étranges remarques au verso…

— Pourquoi étranges ? »

Elle m'a regardé.

« J'ai toujours souhaité rencontrer un jour une personne réellement fantasque – pour changer – et vous semblez être un spécimen des plus enragés.

— Chère Madame, en réalité… », de nouveau ce balbutiement fatal, comme un âne pourrait le faire et, pire que ça, voici que je me mets à rougir, à la manière d'un jeune garçon de seize ans, moi qui en ai presque dix de plus !

« Je vous ai fait peur cette nuit.

— En vérité, cela se peut. Ne voulez-vous pas vous asseoir ? »

Elle prit place et se délecta de ma peur – il faut dire que pour l'heure, à la pleine lueur du jour, je la redoutais plus encore – sa lèvre supérieure tressaillait d'une délicieuse ironie.

« Vous considérez l'amour et la femme avant tout, entreprit-elle, comme des choses hostiles, des choses contre lesquelles vous luttez vainement, dont vous ressentez la violence comme une douce torture, une piquante cruauté ; une vision tout à fait moderne.

— Vous ne la partagez point.

— Je ne la partage point, fit-elle d'un ton vif et péremptoire – elle secoua la tête et ses boucles s'agitèrent comme des flammes.

— Selon moi, la sereine sensualité hellénique, la joie sans peines sont des idéaux que je m'efforce d'accomplir au cours de ma vie. Je ne crois pas en l'amour tel que le prêche le christianisme, celui des modernes, des chevaliers de l'esprit. Oui, regardez-moi bien : je suis bien pire qu'une hérétique, je suis une païenne.

« “Crois-tu que la déesse de l’amour ait longtemps réfléchi,

« Lorsque, jadis, son Anchise[1] lui plut dans les bois de l’Ida ?”

« Ces vers des *Élégies romaines* de Goethe n’ont cessé de me charmer.

« Dans la nature, on ne trouve que cet amour des temps héroïques, “lorsque Dieux et déesses s’aimaient”. Jadis “le désir suivait le regard, le plaisir suivait le désir”. Tout le reste n’est que construction, affection, mensonge. Ce n’est qu’avec le christianisme – dont le cruel emblème, la croix, représente à mes yeux quelque chose d’effroyable – qu’un je-ne-sais-quoi d’étranger et d’hostile a été amené dans la nature et ses innocents penchants. Le combat de l’esprit contre le monde sensible est l’évangile des modernes. Je ne veux pas y être mêlée.

— Oui, votre place serait à l’Olympe[2], Madame, répondis-je, mais, nous autres, les modernes, ne supportons plus la pureté antique, au moins lorsqu’il s’agit d’amour ; l’idée de partager une femme, serait-elle Aspasie[3], avec d’autres, nous offusque. Nous sommes jaloux comme notre dieu. Ainsi, le nom de l’adorable Phryné[4] est devenu chez nous une injure.

---

1. Dans la mythologie grecque, Anchise s’est laissé séduire par la déesse Aphrodite sur le mont Ida ; ensemble ils ont un fils, Énée, un des héros de la guerre de Troie.

2. Le mont Olympe, le domaine des dieux dans la mythologie grecque.

3. Aspasie (env. 470 av. J.-C.-400 av. J.-C.) est une hétaïre de la Grèce antique, soit une prostituée de haut rang.

4. Une autre hétaïre célèbre du IVe siècle av. J.-C.

Nous préférons une vierge d'Holbein[1], mince et blême, qui serait nôtre, à une antique Vénus, d'une divine beauté, mais qui chérit aujourd'hui Anchise, demain Pâris[2], après-demain Adonis[3], et, lorsque la nature triomphe en nous, lorsque nous nous donnons à une telle créature dans une passion brûlante, sa joie de vivre bouillonnante nous semble démoniaque, cruelle et nous voyons dans notre félicité un péché qu'il nous faut expier.

— Vous aussi, vous vous passionnez pour la femme moderne, pour ces demi-femmes pauvres et hystériques qui, dans leur quête somnambule de l'idéal masculin rêvé, ne parviennent à reconnaître le bon. Prises de larmes et de convulsions, elles manquent chaque jour à leurs devoirs chrétiens, elles trompent et sont trompées, cherchant toujours et encore, choisissant et rejetant, jamais elles ne sont heureuses, jamais elles ne rendent heureux, accusant le destin au lieu d'avouer calmement : "Je veux aimer et vivre, comme l'ont fait Hélène et Aspasie." La nature ne connaît aucune permanence dans les rapports entre hommes et femmes.

— Madame…

— Laissez-moi continuer. C'est l'égoïsme de l'homme qui souhaite que soit enterrée la femme comme un trésor. Toutes les tentatives, les cérémonies

1. Hans Holbein (1497-1543) est un peintre et dessinateur allemand, l'un des grands maîtres de la Renaissance allemande.

2. Toujours dans la mythologie grecque, Pâris, prince troyen, enlève Hélène à son époux légitime et déclenche ainsi la guerre de Troie.

3. Un autre mortel de la mythologie grecque, aimé d'Aphrodite lui aussi.

religieuses, les serments et les contrats pour insuffler de la constance dans ce qu'il y a de plus inconstant chez l'humain, dans l'amour, toutes ces tentatives ont échoué. Osez-vous nier que notre monde chrétien est tombé en déréliction ?

— Mais…

— Mais, voulez-vous dire, qui se dresse contre les institutions sociales sera expulsé, stigmatisé, lapidé. Soit. Je m'y risque. Mes principes sont résolument païens, je veux vivre ma vie. Je me passe de votre respect hypocrite, je préfère être heureuse. Les inventeurs du mariage chrétien ont bien fait d'inventer en même temps l'immortalité. Pourtant, je ne pense pas vivre éternellement et lorsque je rendrai mon dernier soupir ici-bas, que tout sera fini pour moi, Wanda von Dunajew, que m'importe que mon esprit pur rejoigne le chœur des anges ou que de ma poussière naisse un être nouveau ? Puisque je ne vivrai pas telle que je suis, pour quelles raisons devrais-je renoncer à quoi que ce soit ? Appartenir à un homme que je n'aime pas, seulement parce qu'un jour je l'ai aimé ? Non, je ne renonce à rien, j'aime celui qui me plaît et je rends heureux celui qui m'aime. Est-ce odieux ? Non, c'est bien plus beau que de me réjouir cruellement des supplices que suscitent mes charmes et de m'éloigner du pauvre diable qui se consume pour moi, en feignant la vertu. Je suis jeune, riche et belle, et ainsi, telle que je suis, je vis sereinement pour le plaisir et la jouissance. »

Tandis qu'elle parlait et que ses yeux pétillaient de malice, j'avais saisi ses mains sans bien savoir ce que je voulais en faire, mais, en parfait dilettante, je les ai rapidement relâchées.

« Votre franchise me ravit, dis-je, et il n'y a pas qu'elle… »

Ce satané dilettantisme, une fois encore ! Voici qu'il me noue la gorge comme une corde.

« Que voulez-vous dire…

— Ce que je voulais dire… oui, je voulais… pardonnez-moi, ma très chère… je vous ai interrompue.

— Comment ? »

Une longue pause. Elle doit certainement faire un monologue qui, traduit dans ma langue, se résume en un seul mot : âne.

« Si vous le permettez, chère Madame, me suis-je enfin lancé, comment en êtes-vous arrivée à ces… à ces idées ?

— Très simplement ; mon père était homme de raison. Depuis le berceau, j'ai été entourée de moulages de statues antiques, j'ai lu *Gil Blas*[1] à dix ans, à douze ans *La Pucelle*[2]. Comme d'autres avaient pour amis Tom Pouce, Barbe-Bleue et Cendrillon au cours de leur enfance, j'avais Vénus, Apollon[3], Hercule[4] et Laocoon[5]. Mon mari était d'une nature

---

1. Ancien quotidien de la presse écrite française, fondé en novembre 1879, dans lequel parurent régulièrement des romans divisés en feuilletons et dont la devise était « Amuser les gens qui passent, leur plaire aujourd'hui et recommencer le lendemain ».

2. Un des poèmes de Voltaire (1694-1778) divisé en vingt Chants, un de ses écrits qui fit le plus scandale, ridiculisant Jeanne d'Arc.

3. Apollon est le dieu grec du chant, de la musique et de la poésie.

4. Hercule est, lui, un héros de la mythologie romaine, l'un des plus vénérés.

5. L'un des protagonistes de l'épisode du cheval de Troie.

sereine et enjouée ; jamais les incurables souffrances qui l'ont frappé peu de temps après notre mariage n'ont pu durablement cerner son front des nuages de la mélancolie. La nuit précédant sa mort, il m'a encore prise dans son lit, et, au cours des nombreux mois où, mourant, il gisait dans son fauteuil roulant, il me demandait souvent d'un ton badin : "Alors ? As-tu déjà un prétendant ?" Je rougissais de honte. "Ne me mens pas, a-t-il ajouté un jour, je trouverais ça odieux. Mais trouve un homme bien mis, ou, mieux encore, plusieurs hommes. Tu es une gentille femme, mais encore une enfant, tu as besoin de jouets." Il n'est nul besoin de vous dire que je n'ai pris aucun amant aussi longtemps qu'il a vécu, mais assez ! Il a fait de moi ce que je suis : une Grecque.

— Une déesse », dis-je.

Elle sourit : « Laquelle ?

— Vénus. »

Elle me menaça du doigt et fronça les sourcils. « Et finalement une "Vénus à la fourrure". Prenez garde ! J'ai une grande, grande fourrure de laquelle je pourrais vous couvrir tout entier, je vous y attraperai, comme dans un filet.

— Croyez-vous », dis-je rapidement. Il m'était venu à l'esprit une idée – si commune et banale – que je tenais cependant pour très bonne. « Croyez-vous que vos idées puissent s'appliquer à notre époque, qu'il soit permis à Vénus de pérégriner, drapée de sa seule beauté et en toute sérénité, entre chemins de fer et télégraphes ?

— Drapée de sa seule beauté, certainement pas. Dans une fourrure, lança-t-elle en riant. Voulez-vous voir la mienne ?

— Et puis…

— Et puis quoi ?

— Des êtres libres, sereins et heureux comme l'étaient les Grecs, ne peuvent exister que s'ils ont des esclaves qui accomplissent pour eux les basses tâches de la vie quotidienne et travaillent à leur place.

— Certainement, rétorqua-t-elle d'un ton espiègle, mais une déesse de l'Olympe telle que moi a besoin de toute une armée d'esclaves. Alors protégez-vous de moi.

— Pourquoi ? »

Je m'effrayai de la témérité avec laquelle j'avais lâché ce « pourquoi ? » ; pour sa part, elle n'en fut pas effrayée le moins du monde. Elle entrouvrit les lèvres qui découvrirent alors ses petites dents blanches et dit sans y penser, comme s'il s'agissait de quelque chose sans importance : « Voulez-vous être mon esclave ?

— En amour, il n'y a pas d'égalité, rétorquai-je solennellement, mais à partir du moment où je peux choisir entre dominer ou être dominé, il me semble plus excitant d'être l'esclave d'une belle femme. Cependant, où trouver une femme qui n'exercera pas son ascendant par de mesquines querelles, mais qui règnera posément et avec assurance, avec rigueur ?

— Pourtant, ça n'est pas bien difficile.

— Vous croyez…

— Moi, par exemple… elle fut prise d'un éclat de rire et se balança en arrière. J'ai des talents de despote. Je dispose également des fourrures nécessaires. Mais je vous ai vraiment fait fuir cette nuit !

— Vraiment.

— Et maintenant ?

— Maintenant… maintenant, je commence réellement à avoir peur de vous ! »

Nous passons tous les jours ensemble, moi et… Vénus ; nous sommes souvent ensemble, nous prenons le petit déjeuner sous ma gloriette et le thé dans son petit salon, ce qui me donne l'occasion de déployer tous mes minces – très minces – talents. À quoi bon aurais-je étudié toutes les sciences, me serais-je essayé à tous les arts, si je n'étais pas en mesure, accompagné d'une jolie petite femme…

Mais cette femme n'est pas si petite et m'en impose terriblement. Aujourd'hui, en la dessinant, j'ai senti très clairement à quel point nos toilettes modernes s'accommodaient peu avec son profil de camée[1]. Ses traits sont grecs, bien plus que romains.

Je voudrais tantôt la peindre en Psyché[2], tantôt en Astarté[3], selon que ses yeux sont pleins d'une béatitude mystique ou de cette expression mi-languissante, mi-brûlante, à la volupté fatiguée, mais elle souhaite que ce soit un portrait.

Pour l'heure, je vais lui donner une fourrure.

Ah ! Comment pouvais-je en douter : à qui sied mieux une fourrure princière sinon à elle ?

J'étais auprès d'elle hier soir et lui ai lu les *Élégies romaines*. Puis j'ai posé le livre à l'écart avant

1. Aucune référence à la drogue, le camée est une technique de gravure, voire de sculpture.

2. Princesse de la mythologie grecque dont Éros, le dieu de l'amour, était épris.

3. Déesse connue dans tout le Proche-Orient, de l'âge du bronze à l'Antiquité, qui pourrait être à l'origine du mythe d'Aphrodite.

de lui parler un peu. Elle avait l'air satisfait, plus encore : elle était pendue à mes lèvres et sa poitrine se gonflait.

À moins que je ne me sois trompé ?

La pluie battait mélancoliquement contre les vitres, le feu dans la cheminée crépitait dans une hivernale intimité, je me sentais tellement bien auprès d'elle que, l'espace d'un instant, j'avais perdu tout respect pour cette belle femme et que je lui embrassai la main – elle me laissa faire.

Puis je me suis assis à ses pieds et lui ai lu un petit poème que j'avais écrit pour elle.

Vénus à la fourrure
Pose ton pied sur ton esclave,
Femme fabuleuse à la grâce démoniaque,
Entre les myrtes et les agaves,
Est étendu ton corps de marbre.

Oui, poursuis donc ! Pour une fois, je suis vraiment allé au-delà de la première strophe, mais ce soir-là, elle m'a ordonné de lui laisser mon texte, je n'en ai aucune copie, et, aujourd'hui, au moment de l'écrire dans mon journal intime, seule me revient la première strophe.

C'est une étrange sensation que j'éprouve. Je ne crois pas être amoureux de Wanda, tout du moins je n'ai rien ressenti des brûlants élans de la passion lors de notre première rencontre. Mais je sens bien que sa beauté extraordinaire, sa beauté de déesse s'entrelace autour de moi à la manière d'une toile magique. Ce n'est d'ailleurs pas une inclination de l'âme qui s'éveille en moi, mais une soumission physique, lente et d'autant plus totale.

Je souffre chaque jour davantage et elle, ça la fait sourire.

Aujourd'hui, elle m'a dit à brûle-pourpoint, sans aucune raison : « Vous m'intéressez. La plupart des hommes sont si communs, sans élan, sans poésie ; en vous sommeillent une certaine profondeur, un certain enthousiasme, et, avant tout, un sérieux qui me fait du bien. Je pourrais vous aimer. »

Après une courte mais violente pluie d'orage, nous sommes allés ensemble dans la prairie pour rendre visite à la statue de Vénus. La terre exhale des vapeurs autour de nous, le brouillard monte vers le ciel comme les fumées d'un sacrifice, les restes d'un arc-en-ciel flottent dans les airs, des gouttes tombent encore des arbres, mais, déjà, moineaux et pinsons sautent de branche en branche et zinzinulent gaiement comme s'ils se réjouissaient d'un heureux événement – et tout embaume de fraîcheur. Nous ne pouvons traverser la prairie qui est encore détrempée et qui, sous le soleil, a l'air d'un petit étang dans le miroir frémissant duquel se mire la déesse de l'amour – éclairée par le soleil, une nuée de moustiques danse autour de sa tête et forme une auréole.

Wanda se réjouit de ce délicieux spectacle, et, parce que les bancs de l'allée sont encore humides, elle s'appuie à mon bras pour se reposer un peu ; tout son être est envahi d'une douce fatigue, ses yeux sont à demi fermés, son souffle caresse ma joue.

Je prends sa main – comment ai-je trouvé le courage, je n'en sais vraiment rien –, puis lui demande :

« Pourriez-vous m'aimer ?

— Pourquoi pas », répond-elle en posant sur moi, un instant, son regard calme et enjoué.

Je m'agenouille alors à ses pieds et presse mon visage brûlant contre la mousseline parfumée de sa robe.

« Mais Séverin, quelle inconvenance ! » s'écrie-t-elle.

Sans y prêter attention, je saisis son petit pied et y dépose mes lèvres.

« Vous devenez de plus en plus inconvenant ! » fait-elle en se dégageant avant de courir vers la maison tandis que sa pantoufle me reste en main.

S'agit-il d'un présage ?

De toute la journée, je n'ai osé l'approcher. Dans la soirée, alors que j'étais assis sous ma gloriette, sa petite tête rousse et piquante passa à travers la verdure de son balcon. « Pourquoi ne venez-vous pas ? » cria-t-elle avec impatience en ma direction.

J'ai gravi les escaliers quatre à quatre, et, une fois en haut, le courage m'a de nouveau abandonné et je frappai doucement à sa porte. Elle ne me dit pas d'entrer, mais ouvrit et sortit sur son seuil.

« Où est ma pantoufle ?

— Elle est… Je l'ai… je veux…, ai-je balbutié.

— Allez donc la chercher puis nous prendrons le thé en bavardant. »

À mon retour, elle s'affairait avec la théière. J'ai posé solennellement la pantoufle sur la table et suis resté dans un coin, à la manière d'un enfant qui attend d'être puni.

Je remarquai qu'elle avait plissé le front et que sa bouche s'était parée d'un air sévère et autoritaire qui me ravit.

Subitement, elle a éclaté de rire.

« Alors… vous êtes vraiment amoureux… de moi ?

— Oui, et j'en souffre davantage que vous ne croyez.

— Vous souffrez ? » et de rire de nouveau.

J'étais suffoqué, honteux, anéanti, mais bien inutilement.

« Pourquoi ? a-t-elle poursuivi, je suis bonne envers vous, bonne de tout mon cœur. » Elle me donna la main et me jeta un regard des plus amicaux.

« Et vous voudriez être ma femme ? »

Wanda me regarda – oui, comment m'a-t-elle regardé ? – d'un air qui trahissait surtout l'étonnement et la moquerie, me semble-t-il.

« D'où tirez-vous subitement cette hardiesse ?

— Cette hardiesse ?

— Oui, la hardiesse de vouloir vous marier, de vouloir vous marier avec moi ? » Elle leva la pantoufle. « Êtes-vous devenu si rapidement mon ami ? Mais, toute blague à part, voulez-vous réellement m'épouser ?

— Oui.

— Écoutez, Séverin, c'est une affaire sérieuse. Je crois que je vous suis chère et vous m'êtes cher également, et, mieux que ça, nous avons de l'intérêt l'un pour l'autre, il n'y a donc aucun risque que nous nous ennuyions de sitôt. Vous savez cependant que je suis une femme frivole ; c'est la raison pour laquelle je prends le mariage très au sérieux. Si je m'impose des devoirs, je veux pouvoir m'y tenir. Je crains cependant… Non, ça vous ferait du mal.

— Je vous en prie, soyez franche envers moi, répondis-je.

— Soit. En toute franchise, je ne crois pas pouvoir aimer un homme plus… plus de… » Elle inclina gracieusement sa petite tête de côté et réfléchit.

« Un an ?

— Que dites-vous là… un mois peut-être.

— Même moi ?

— Vous… Vous, peut-être deux.

— Deux mois ! m'écriai-je.

— Deux mois, c'est déjà très long.

— Madame, c'est plus qu'antique.

— Vous voyez, vous ne supportez pas la vérité. » Wanda traversa la pièce, s'appuya contre la cheminée et m'observa, le bras posé sur son rebord.

« Que dois-je donc faire de vous ? reprit-elle.

— Ce que vous voulez, répondis-je avec résignation, ce qui vous fait plaisir.

— Quelle inconséquence ! s'écria-t-elle, vous voulez d'abord me prendre pour femme puis vous vous offrez à moi comme jouet.

— Wanda… je vous aime.

— Nous voici revenus à notre point de départ. Vous m'aimez et voulez m'épouser alors que je ne veux pas me remarier parce que je doute de la longévité de vos sentiments comme des miens.

— Et si je voulais tout de même m'y risquer ? rétorquai-je.

— Il m'appartient de décider si je veux m'y risquer avec vous, dit-elle doucement, je peu… fait m'imaginer appartenir à un homme pour la vie, à condition qu'il soit un vrai homme, un homme qui m'en impose, qui me soumette avec toute la violence de son être, comprenez-vous ? Et chaque homme – je sais ce que c'est –, sitôt qu'il tombe amoureux, devient faible, docile, ridicule ; il se livrera aux mains de la femme, il s'agenouillera devant elle alors que je ne peux aimer durablement que celui devant lequel il me faut m'agenouiller. Mais vous m'êtes devenu trop cher pour que je veuille m'y risquer avec vous. »

Je me suis jeté à ses pieds.

« Mon Dieu, vous voici déjà à mes pieds, dit-elle avec malice, vous commencez bien », et, après que je me suis relevé, elle a poursuivi : « Je vous donne un an pour me conquérir, pour me convaincre que nous sommes faits l'un pour l'autre, que nous pouvons vivre ensemble. Que vous y parveniez, alors je serai votre femme, une femme, Séverin, qui remplira ses devoirs en toute rigueur et conscience. Tout au long de cette année, nous vivrons en couple… »

Le sang me monta à la tête.

Ses yeux s'embrasèrent soudainement.

« Nous vivrons ensemble, continua-t-elle, nous partagerons toutes nos habitudes afin de voir si nous sommes vraiment faits l'un pour l'autre. Je vous octroie tous les droits d'un époux, d'un amant, d'un ami. Êtes-vous satisfait ?

— Il le faut bien.

— Vous n'y êtes pas obligé.

— Alors, je le veux…

— À la bonne heure. C'est parler en homme. Voici ma main. »

Voilà dix jours que je ne l'ai pas quittée, sinon les nuits. J'ai pu continuellement plonger mon regard dans le sien, prendre ses mains, écouter ses paroles, l'accompagner partout. Mon amour me semble être un abîme profond, insondable, dans lequel je sombre toujours davantage, duquel plus rien ne peut me tirer.

Cet après-midi, nous nous étions allongés sur la prairie, au pied de la statue de Vénus. Je cueillais des fleurs, les lui lançais dans son giron et elle les nouait en couronnes desquelles nous parions notre déesse.

Soudain, Wanda me lança un tel regard, si troublant que ma passion en fut ravivée de mille feux. Je n'étais plus maître de moi, je l'enlaçai de mes deux bras et j'étais suspendu à ses lèvres tandis qu'elle me serrait contre sa gorge palpitante.

« Êtes-vous fâchée ? ai-je alors demandé.

— Jamais je ne suis fâchée contre ce qui est naturel, répondit-elle, je crains juste que vous ne souffriez.

— Oh ! Je souffre terriblement.

— Pauvre ami ! fit-elle en dégageant les cheveux emmêlés de mon front, j'espère seulement que je n'y suis pour rien.

— Non répondis-je. Et pourtant… l'amour que je vous porte s'est mué en une sorte de folie. La pensée de pouvoir vous perdre, oui, peut-être même de devoir vous perdre, me torture nuit et jour.

— Mais vous êtes encore loin de me posséder », dit Wanda en me regardant de nouveau de ces yeux vibrants, humides et languissants qui, déjà, m'avaient enflammé. Puis elle se leva et déposa de ses petites mains diaphanes une couronne d'anémones bleues sur les boucles blanches de la Vénus. C'est presque malgré moi que je l'ai enlacée.

« Je ne peux plus exister sans toi, belle femme, dis-je, crois-moi, pour une fois, cette fois seulement, crois-moi, ce ne sont pas des paroles en l'air, ni un coup de tête ; je ressens au plus profond de moi-même à quel point ma vie est liée à la tienne ; que tu te sépares de moi, alors je mourrais, j'en serais réduit à néant.

— Mais ce ne sera pas nécessaire parce que j'aime l'homme que tu es », elle me prit par le menton : « homme stupide.

— Mais tu n'acceptes d'être mienne que sous conditions, alors que je t'appartiens sans réserve.

— Ce n'est pas bon, Séverin, répondit-elle presque effrayée. Ne me connaissez-vous donc pas ? Ne voulez-vous pas me connaître tout à fait ? Je suis bonne sitôt qu'on me traite avec sérieux et raison, mais que l'on s'abandonne trop à moi, alors je deviens insolente.

— Alors sois insolente, sois despotique, m'écriai-je exalté, mais sois à moi, sois à moi pour toujours. »

Je me jetai à ses pieds et enlaçai ses genoux.

« Ça va mal finir, mon ami, dit-elle avec gravité et sans la moindre affectation.

— Oh ! Jamais il ne doit y avoir de fin, criai-je excité, violemment, seule la mort doit nous séparer. Si tu ne peux être à moi, toute à moi et pour toujours, je veux être ton esclave, te servir, tout endurer de toi, mais ne me rejette point.

— Reprenez-vous, dit-elle en se penchant vers moi pour embrasser mon font. Mon cœur nourrit des sentiments à votre égard, mais ce n'est ni le moyen de me conquérir, ni de me garder.

— Je veux tout, vraiment tout faire pour vous, mais je ne veux pas vous perdre, criai-je, c'est la seule chose que je ne veuille pas. Je ne peux me résoudre à cette seule pensée.

— Levez-vous donc. »

J'obéis.

« Vous êtes décidément un homme étrange, continua Wanda, vous voulez donc à tout prix me posséder ?

— Oui, à tout prix.

— Mais à combien estimez-vous de me posséder ? » Elle réfléchit un peu, le regard affûté, inquiétant. « Si je ne vous aimais plus, si j'appartenais à un autre ? »

J'en fus bouleversé. Je la regardai : elle se tenait devant moi avec tant de fermeté et d'assurance, une lueur glaciale dans les yeux.

« Voyez-vous, reprit-elle, cette seule pensée vous effraie. »

Un sourire amène éclaira soudain son visage.

« Oui, je suis saisi d'effroi à l'idée qu'une femme que j'aime, qui a répondu à mes amours, se donne à un autre sans aucune pitié pour moi ; mais ai-je encore le choix ? Si j'aime cette femme, si je l'aime follement, dois-je lui tourner fièrement le dos et périr de ma superbe ? Dois-je me tirer une balle dans la tempe ? J'ai deux idéaux féminins. Que je doive ne pas trouver la femme noble, gaie, qui partagera mon destin avec bonté et fidélité, alors ni demi-mesure ni compromis ! Je préférerais être livré à une créature sans vertu, sans fidélité, sans pitié. Une telle femme, de la hauteur de son égoïsme, est aussi un idéal. Que je ne puisse savourer pleinement les délices de l'amour, alors je veux souffrir, goûter à ses tourments jusqu'à satiété, jusqu'à ramper ; je veux être maltraité et trahi par la femme que j'aime, et plus elle sera cruelle, mieux ce sera. C'est aussi une jouissance !

— Vous perdez la raison ! cria Wanda.

— Je vous aime de toute mon âme, repris-je, de tous mes sens, tant est si bien que votre présence, votre atmosphère me sont devenues indispensables pour pouvoir vivre encore. Choisissez alors entre mes deux idéaux. Faites de moi ce que vous voudrez, votre époux ou votre esclave.

— Très bien, fit Wanda en fronçant ses sourcils petits, mais énergiques. Je trouve très plaisant d'avoir à ma merci un homme qui m'intéresse, un homme qui m'aime ; ça aura au moins le mérite de me faire passer le temps. Comme vous avez été imprudent de me laisser le choix ! Je choisis alors : je veux que vous soyez mon esclave, je ferai de vous mon jouet !

— Oh ! oui, faites-le, m'écriai-je partagé entre l'effroi et le plaisir. Si le mariage ne peut être fondé que sur l'égalité et l'unisson, en revanche, les plus grandes passions naissent des contraires. C'est parce que nous sommes des contraires, presque des ennemis l'un envers l'autre, qu'est né cet amour chez moi, mêlé tantôt de haine, tantôt de crainte. Dans une telle relation, l'un est le marteau, l'autre l'enclume. Je veux être l'enclume. Je ne peux être heureux, en regardant de haut ma bien-aimée. Je veux adorer une femme, et je ne le pourrai que si elle se montre cruelle envers moi.

— Mais Séverin, répondit Wanda presque en colère, me pensez-vous capable de maltraiter un homme que j'aime et qui m'aime comme vous ?

— Pourquoi pas, si en retour je vous adore davantage ? On ne peut véritablement aimer que ce qui nous est supérieur, une femme qui nous en impose par sa beauté, son tempérament, son esprit, sa force de caractère, une femme qui devient notre despote.

— En somme, ce qui rebute les autres vous attire ?

— Tout à fait. C'est ce qui fait mon étrangeté.

— Au fond, il n'y a rien dans vos passions de si étrange ou si original. À qui une belle fourrure ne plaît-elle pas ? Chacun sait, ou ressent que volupté et cruauté sont liées.

— Mais chez moi, cela atteint son paroxysme, rétorquai-je.

— Ce qui signifie que la raison a peu de pouvoir sur vous, que vous êtes une nature tendre et sensuelle.

— Les martyres étaient-ils aussi des natures tendres et sensuelles ?

— Les martyres ?

— Au contraire, c'était des hommes suprasensuels, qui trouvaient du plaisir à la souffrance, à la recherche des tortures les plus abominables, de la mort même, comme d'autres recherchent la joie – je suis un de ces suprasensuels, Madame.

— Alors prenez garde à ne pas devenir le martyre de l'amour, le martyre d'une femme. »

Nous sommes assis sur le petit balcon de Wanda dans la douceur d'une nuit d'été parfumée, abrités par un double toit, d'abord le plafond verdoyant des plantes grimpantes, puis la voûte céleste clairsemée d'innombrables étoiles. Le miaulement amoureux, doux et presque triste d'un chat nous vient du parc – assis sur un tabouret aux pieds de ma déesse, je lui raconte mon enfance.

« Autrefois déjà, vous faisiez de telles étrangetés ? demanda Wanda.

— Absolument. D'aussi loin que je m'en souvienne, je les ai toujours eues. Dès le berceau, comme me le raconta ultérieurement ma mère, j'étais suprasensuel. Je dédaignais le sein de ma nourrice et il fallait me nourrir avec du lait de chèvre. Garçonnet, j'avais une crainte mystérieuse des femmes, qui témoignait d'un intérêt inquiétant pour celles-là. La voûte grise, la demi-obscurité d'une église m'apeuraient, et, devant les autels scintillants et les saintes icônes, j'étais saisi d'une vraie peur – bien réelle. En revanche, je me coulais secrètement, comme pour jouir d'un plaisir interdit, dans la bibliothèque de mon père où trônait une Vénus de plâtre ; je m'agenouillais devant elle et lui récitai les prières que l'on m'avait apprises, le "Notre Père", le "Bénie sois-tu Marie"et le "Credo".

« Une nuit, j'ai quitté mon lit pour lui rendre visite. Un quartier de lune m'éclairait et faisait apparaître la déesse dans une pâle lueur bleutée. Je me suis jeté à ses pieds, les lui ai embrassés, comme je l'avais vu faire chez nos paysans lorsqu'ils embrassaient les pieds du défunt Sauveur.

« J'ai été la proie d'un désir irrépressible.

« Je me suis relevé à la hâte, j'ai enlacé ce beau corps froid, j'ai embrassé ses lèvres froides, j'ai été parcouru d'un grand frisson avant de prendre la fuite. J'ai rêvé ensuite que la déesse se tenait devant ma couche et me menaçait de son bras levé.

« On m'a envoyé à l'école précocement, de sorte que je suis rentré de bonne heure au lycée où j'ai appris avec passion tout ce qui était lié au monde antique. J'ai rapidement été plus rompu aux dieux grecs qu'à la religion de Jésus ; avec Pâris, j'ai donné à Vénus la pomme funeste, j'ai vu brûler Troie et j'ai suivi Ulysse[1] dans son odyssée. Ces images de toute beauté ont profondément marqué mon âme, tant et si bien, qu'à cette époque où les autres enfants se comportaient de manière grossière et vulgaire, je montrais un dégoût insurmontable contre le médiocre, le commun, le laid.

« L'adolescent qui s'éveillait en moi tenait alors pour particulièrement médiocre et laid l'amour envers les femmes, tel qu'il se manifeste d'abord dans toute sa vulgarité. J'évitais ainsi tout commerce avec le beau sexe, en fait, j'étais suprasensuel jusqu'à la folie.

« Ma mère embaucha – je devais alors avoir autour de quatorze ans – une femme de chambre ravissante, jeune et belle, aux formes généreuses. Un matin que j'étudiais mon Tacite[2] et que je m'enthousiasmais

---

1. L'un des héros les plus célèbres de la mythologie grecque, dont les aventures sont contées dans l'*Odyssée*, d'Homère (voir note 1, p. 32).

2. Tacite (58-120) est un historien et sénateur romain, également écrivain, dont les œuvres sont toujours étudiées dans les classes de latin.

de la vertu des anciens Germains[1], la petite balayait ma chambre : elle s'arrêta soudain, se courba vers moi, le balai en main, et posa ses lèvres charnues, fraîches et exquises sur les miennes. Le baiser de cette petite chatte énamourée me fit frémir de tout mon corps, mais je levai ma *Germaniae*[2] à la façon d'un bouclier pour me protéger de la tentatrice avant de quitter la pièce, indigné. »

Wanda éclata de rire : « Décidément, vous êtes un homme bien singulier, mais poursuivez donc.

— Une autre scène de la même époque reste à jamais gravée dans ma mémoire, continuai-je, la comtesse Sobol, une lointaine tante, est venue rendre visite à mes parents, une femme à la majestueuse beauté, affichant un sourire charmant ; pour ma part, je la détestais parce qu'elle passait aux yeux de ma famille pour une Messaline et je me comportais envers elle de la manière la plus inélégante, grossière et balourde qui soit.

« Un jour, mes parents sont allés en ville. Ma tante a mis leur absence à profit pour me traduire en justice. C'est à l'improviste qu'elle est entrée dans ma chambre, vêtue d'une kazabaïka[3] fourrée, suivie de la cuisinière, de la servante et de la petite chatte que j'avais éconduite. Sans piper mot, elles m'ont attrapé et lié pieds et poings malgré la furieuse résistance que j'opposai. Puis ma tante a retroussé

1. Référence à l'ouvrage de Tacite intitulé *La Germanie*, qui vante la bravoure et la vigueur des différentes tribus vivant au nord du Rhin et du Danube, contrastant avec la corruption et la décadence qui règne alors à Rome.

2. Titre latin de l'ouvrage dont on parle à la note précédente.

3. Espèce de veste.

ses manches avec un mauvais sourire et commencé à me battre avec une longue baguette. Elle frappa tant et si bien que le sang se mit à couler et que, malgré mon courage héroïque, je criai, je pleurai et j'implorai sa grâce. Elle me fit détacher et je dus, à genoux, la remercier pour la correction et lui baiser les mains.

« Voyez donc ce fou suprasensuel ! Sous la férule[1] d'une femme à la somptueuse beauté qui m'était apparue dans son vêtement de fourrure comme une reine courroucée, s'est éveillé mon attrait pour les femmes ; j'ai alors considéré ma tante comme la femme la plus exquise de la création.

« Mon austérité héritée de Caton[2], ma timidité envers elles n'étaient rien d'autre qu'un sens du beau poussé à son paroxysme ; la sensualité est devenue dans mes fantasmes une sorte de culture et je me suis promis de ne jamais dilapider ces célestes sensations au contact d'êtres ordinaires, mais de les conserver pour une femme idéale, si possible pour la déesse de l'amour en personne.

« Je suis rentré très jeune à l'université de la capitale où habitait ma tante. Ma chambre ressemblait alors à celle du docteur Faust[3]. Tout y était pareillement sens dessus dessous, les hautes armoires étaient bourrées des livres que j'achetais au rabais chez un bouquiniste juif de Servanica, des globes, des atlas, des fioles, des

---

1. Palette de bois ou de cuir dont on se sert pour frapper.

2. Caton l'Ancien (234 av. J.-C.-149 av. J.-C.) ou Caton le Censeur est un politicien, écrivain et militaire romain, réputé pour sa rigueur.

3. Le docteur Faust est le héros d'un conte populaire allemand au XVIe siècle, ayant fait l'objet de nombreuses réinterprétations, par Goethe notamment.

cartes célestes, des squelettes d'animaux, des crânes, des bustes de grands hommes. Méphistophélès pouvait surgir à tout moment de derrière le grand poêle vert en habit d'étudiant.

« J'étudiais tout dans le désordre, sans méthode, sans hiérarchie, la chimie, l'alchimie, l'histoire, l'astronomie, la philosophie, le droit, l'anatomie et la littérature ; je lisais Homère[1], Virgile[2], Ossian[3], Schiller[4], Goethe[5], Shakespeare[6], Cervantès[7], Voltaire[8], Molière[9], le Coran, le *Cosmos*[10] et les *Mémoires* de Casanova[11]. Jour après jour, je devenais de plus en plus confus, fantasque et suprasensuel. Et j'avais toujours en tête l'idéal d'une belle femme qui m'apparaissait parfois, entre mes reliures de cuir et mes ossements, sur un lit

1. Homère est un poète de la fin du VIIIe siècle avant J.-C.

2. Virgile (70 av. J.-C.-21 av. J.-C.) est un poète latin.

3. Ossian est un barde écossais du IIIe siècle.

4. Friedrich von Schiller (1759-1805) est un poète et écrivain allemand.

5. Voir note 1, p. 28.

6. William Shakespeare (1564-1616) est considéré comme l'un des plus grands poètes, dramaturges et écrivains de la culture anglaise.

7. Cervantès (1547-1616) est un romancier, poète et dramaturge espagnol.

8. Voltaire (1694-1778) est un écrivain et philosophe français qui a marqué le XVIIIe siècle, une figure emblématique du siècle des Lumières.

9. Molière (1622-1673) est un dramaturge français auteur de comédies, mais également comédien lui-même et chef de file du théâtre français de son époque.

10. *Cosmos*, essai d'une description physique du monde de Alexander von Humbolt (1769-1859) dont le premier volume fut publié en 1845.

11. Les mémoires du vénitien Giacomo Casanova (1725-1798), aventurier et mémorialiste, dont le patronyme est passé à la postérité pour désigner un séducteur aux multiples conquêtes.

de roses, entourée de chérubins, tantôt dans une toilette de l'Olympe sous les traits pâles et sévères de la Vénus de plâtre, tantôt sous les traits de ma belle tante, à la chevelure brune et abondante coiffée en tresses, aux riants yeux bleus et vêtue de la kazabaïka de velours rouge bordée d'hermine.

« Un beau matin, après qu'elle eut de nouveau émergé du brouillard doré de mon imagination dans tout l'éclat de sa beauté, je me suis rendu chez la comtesse Sobol qui m'a reçu amicalement, chaleureusement même, et qui m'a souhaité la bienvenue avec un baiser qui bouleversa tous mes sens. Bien qu'elle approchât de la quarantaine, elle était toujours désirable, comme la plupart de ces mondaines sur qui le temps ne fait que glisser. Elle portait par tous les temps une veste de velours verte garnie de fourrures, agrémentée de martre[1] brune, mais elle avait perdu toute la sévérité qui, jadis, m'avait ravi.

« Au contraire, elle fut si peu cruelle à mon égard qu'elle me donna sans beaucoup de manières l'occasion de l'adorer.

« Elle avait rapidement percé à jour ma folie suprasensuelle comme mon innocence et ça lui faisait plaisir de me combler. Quant à moi – disons-le – j'étais heureux comme un jeune dieu. Quel délice était-ce pour moi que d'embrasser, à genoux devant elle, ces mains qui m'avaient châtié jadis. Ah ! Quelles mains extraordinaires ! D'une si belle façon, si fines, pleines et blanches, et quelles fossettes adorées ! À dire vrai, c'est de ces mains dont j'étais amoureux. Je jouais avec elles, les faisant disparaître et apparaître dans

1. Petit mammifère recherché pour sa fourrure.

la fourrure, je les tournais à la lueur des flammes et ne pouvais me lasser de les contempler. »

Wanda regarda ses mains malgré elle, ce que je remarquai. J'en souris.

« J'étais à cette époque dominé par la suprasensualité, ce que vous comprenez bien à la cruelle correction que m'a infligé ma tante de sa férule, et à cette jeune actrice que j'ai courtisée deux ans plus tard dont je n'étais pas amoureux, seulement des rôles qu'elle interprétait. Je me suis aussi pris de passion pour une dame très respectable, qui feignait la plus haute vertu, pour me tromper finalement avec un riche Juif. Voyez-vous, parce que j'ai été vendu, trompé par une femme qui affectait de vivre selon les principes les plus stricts, qui provoquait les plus idéales sensations, je hais au plus haut point ces manières de vertus poétiques et sentimentales ; donnez-moi une femme qui soit suffisamment sincère pour me dire : "Je suis une Pompadour[1], une Lucrèce Borgia[2]", et je l'adorerai. »

Wanda se leva et ouvrit la fenêtre.

« Vous avez une façon bien singulière d'éveiller l'imagination, de jouer avec les nerfs de qui vous écoute, et de faire battre le cœur. Vous parez le vice d'une auréole – si ce que vous dites est vrai. Votre idéal, c'est une audacieuse et géniale courtisane. Oh ! À mes yeux, vous êtes homme à corrompre une femme au plus profond d'elle-même. »

---

1. La marquise de Pompadour (1721-1764) est une des célèbres maîtresses du roi Louis XV.
2. Lucrèce Borgia (1480-1519) est célèbre pour sa beauté autant que pour ses mœurs dissolues.

Au milieu de la nuit, on frappa à ma fenêtre. Je me suis levé, j'ai ouvert et j'ai sursauté d'effroi. Dehors, il y avait Vénus à la fourrure, telle qu'elle m'était apparue la première fois.

« Vous m'avez rendue nerveuse avec vos histoires, je me tourne et me retourne dans ma couche et ne parviens à m'endormir, dit-elle. Venez donc me tenir compagnie.

— Tout de suite. »

Lorsque j'entrai, Wanda se tenait accroupie devant la cheminée où elle avait allumé un petit feu.

« L'automne s'annonce, commença-t-elle, les nuits sont déjà très fraîches. Je crains de vous déplaire, mais je ne peux me défaire de ma fourrure, la chambre n'est pas assez chaude.

— Me déplaire… Polissonne ! Vous savez bien… » Je l'enlaçai et l'embrassai.

« Bien sûr que je sais ! Mais d'où vous vient ce grand amour pour les fourrures ?

— Je suis né ainsi, répondis-je, alors enfant, je les aimais déjà. Au demeurant, les fourrures exercent sur toutes les personnalités nerveuses un effet stimulant. Celui-là repose sur les lois générales de la nature. C'est un attrait physique, étrangement piquant, auquel personne ne peut tout à fait se dérober. La science a récemment prouvé une parenté certaine entre électricité et chaleur, de même que sont proches leurs effets sur l'organisme humain. Les zones chaudes produisent les hommes les plus passionnés, une atmosphère brûlante engendre l'excitation. Il en va de même pour l'électricité. C'est de là que provient l'influence envoûtante, si bénéfique, de la compagnie des chats sur les êtres irritables et spirituels – c'est ainsi que ces gracieux animaux à queue longue, ces ravissantes batteries électriques productrices de petites ondes, sont devenues les favoris d'un Mahomet[1], d'un Richelieu[2], d'un Crébillon[3], d'un Rousseau[4], d'un Wieland[5].

— Ainsi, une femme qui porte une fourrure, s'écria Wanda, n'est rien d'autre qu'un gros chat, qu'une batterie électrique plus puissante ?

— Certainement, répondis-je, et c'est ainsi que je m'explique la signification symbolique de la fourrure comme attribut du pouvoir et de la beauté. Raison pour laquelle les monarques de jadis ainsi que la noblesse dirigeante se sont arrogé le droit exclusif de porter des fourrures, raison pour laquelle les grands peintres les réservaient à leurs reines de beauté. Ainsi, ni Raphaël[6] pour les formes divines de la Fornarina, ni Titien[7] pour le corps rosé de

1. Mahomet (570-632) est considéré comme le prophète majeur, fondateur de l'Islam.

2. Le cardinal de Richelieu (1585-1642) était le principal ministre de Louis XIII.

3. On ne sait ici s'il s'agit de Crébillon *père* (1674-1762), auteur dramatique français, ou de Crébillon *fils* (1707-1777), lui aussi écrivain et chansonnier.

4. Jean-Jacques Rousseau (1712-1778) est un écrivain, philosophe et musicien genevois francophone dont l'esprit règne sans conteste sur le siècle des Lumières.

5. Christoph Martin Wieland (1733-1813) est un célèbre poète allemand.

6. Raphaël (1483-1520) est un peintre italien de la Renaissance dont les œuvres sont célèbres dans le monde entier.

7. Titien (1488-1576) est un peintre italien de l'école vénitienne, considéré comme l'un des plus grands portraitistes de son époque.

sa dulcinée n'ont trouvé écrin plus exquis qu'une fourrure sombre.

— Merci pour cette savante leçon d'érotisme, fit Wanda, mais vous ne m'avez pas encore tout dit, vous avez un lien bien singulier avec les fourrures.

— Assurément, répondis-je, je vous ai déjà dit et redit qu'à mes yeux se nichait en la douleur un charme étrange. Rien n'est plus en mesure d'éveiller ma passion que la tyrannie, la cruauté, et, plus que tout, l'infidélité d'une belle femme. Et cette femme, cet idéal curieux né d'une esthétique du laid, l'âme d'un Néron[1] dans le corps d'une Phryné[2], je ne peux la concevoir sans fourrures.

— Je comprends, assura Wanda, elles donnent à la femme quelque chose d'impérieux, d'imposant.

— Ce n'est pas tout, repris-je. Vous savez que je suis un suprasensuel, que, chez moi plus que chez quiconque, tout prend racine dans l'imagination puis s'en nourrit. Je me suis épanoui rapidement et j'étais surexcité lorsqu'à dix ans environ on m'a mis entre les mains les légendes des martyrs ; je me rappelle avoir été submergé d'horreur, ou plutôt de ravissement, en lisant comment ils croupissaient dans des cachots, étaient rôtis sur le grill, transpercés de flèches, précipités dans la poix, jetés aux fauves, crucifiés, supportant les plus horribles supplices dans une sorte de joie. Les souffrances, les cruelles tortures me paraissaient être un délice, et particulièrement lorsqu'elles étaient infligées de la main d'une belle

---

1. Néron (37-68) est un empereur romain dont on se souvient surtout comme d'un despote cruel et d'un grand persécuteur.

2. Voir note 4, p. 35.

femme puisqu'à mes yeux la femme concentre en elle la plus grande poésie et la plus grande perfidie. Je lui vouais alors un véritable culte.

« Je voyais dans la sensualité un je ne sais quoi de sacré, voire même la seule chose qui fût sacrée, dans la femme et sa beauté, quelque chose de divin, en raison du devoir le plus important qui lui revient : assurer la pérennité de l'espèce, la première de ses missions. Je voyais dans la femme la personnification de la nature, Isis[1], et dans l'homme, son prêtre, son esclave ; je la voyais cruelle envers l'homme, comme peut l'être la nature qui se sépare de tout ce qui l'a servie sitôt qu'elle n'en a plus besoin, tandis que l'homme endure les sévices qu'elle lui inflige, jusqu'à la mort, dans une voluptueuse félicité.

« Je jalousais le roi Günther attaché par la violente Brunhilde[2] pour leur nuit de noces, le pauvre troubadour cousu par sa maîtresse capricieuse dans une peau de loup afin de le chasser comme une bête sauvage ; je jalousais le chevalier Ctirad, capturé dans les bois près de Prague et traîné au château Divin par Šárka[3], amazone valeureuse et rusée, qui a passé quelque temps avec lui avant de le soumettre au supplice de la roue.

— Répugnant ! cria Wanda, je vous souhaite de

1. La déesse protectrice et salvatrice de la mythologie égyptienne.

2. Personnages que l'on retrouve dans *La Chanson des Nibelungen*, les légendes germaniques.

3. *Šárka* est un opéra en 3 actes de Leoš Janaček. L'amazone Šárka et sa troupe de vierges guerrières se vengent sans pitié des hommes qui leur ont manqué de respect. Elle provoque la mort du héros Ctirad dont elle est éprise. Elle s'immole sur le bûcher funéraire de ce dernier.

tomber entre les mains d'une femme de cette race sauvage ; en peau de loup, entre les crocs des chiens de meute ou sur la roue, cette poésie pourrait bien vous échapper.

— Vous croyez ? Je ne crois pas.

— Vous avez perdu la raison.

— Possible. Mais écoutez plutôt : j'ai continué à lire avidement les histoires qui mettaient en scène les plus atroces cruautés. J'ai éprouvé du plaisir à regarder les images, les gravures qui les accompagnaient et tous les tyrans sanguinaires qui ont jamais siégé sur un trône, les inquisiteurs qui faisaient torturer, brûler ou débiter les hérétiques, toutes ces femmes qui sont entrées dans l'histoire de l'humanité en raison de leur volupté, de leur beauté, de leur violence, Libussa[1], Lucrèce Borgia[2], Agnès de Hongrie[3], la reine Margot[4], Isabeau[5], la sultane Roxelane[6], les tsarines russes du siècle passé, toutes, je les ai vues en fourrures ou en robes d'hermine.

— Et c'est ainsi que la fourrure éveille maintenant

---

1. Libussa est l'ancêtre mythique du peuple tchèque qui fonda Prague selon la légende.

2. Voir note 2, p. 59.

3. Agnès de Hongrie (1281-1384) fut reine de Hongrie. Pour venger son père assassiné en 1308, elle ordonna la mort et l'expulsion de 1 000 personnes appartenant aux familles des meurtriers.

4. Marguerite de Valois (1553-1615), femme du roi Henri IV, dont le mariage devait célébrer la réconciliation entre catholiques et protestants et qui fut terni par le massacre de la Saint-Barthélemy et les troubles religieux qui s'ensuivirent.

5. Isabeau de Bavière (1371-1435), reine de France par son mariage avec Charles VI, en pleine guerre de Cent Ans.

6. Roxelane (env. 1500-1558) est l'épouse du sultan Soliman le Magnifique après en avoir été l'esclave.

en vous ces étranges fantasmes », cria Wanda tout en se drapant coquettement dans son épais manteau de sorte que la zibeline sombre et brillante jouait gracieusement avec son buste et ses bras. « Alors, comment vous sentez-vous à présent ? Avez-vous l'impression d'être à demi supplicié ? »

Son regard vert et perçant s'est posé sur moi avec un étrange plaisir moqueur puis, succombant à mes passions, je me suis jeté à ses pieds et l'ai enlacée.

« Oui ! Vous avez ravivé mes fantasmes les plus chers, ai-je crié, ils ont bien assez sommeillé.

— Lesquels ? » Elle posa sa main sur ma nuque.

Sous l'effet de cette petite main chaude, sous son regard qui me pénétrait à travers ses paupières mi-closes, je fus envahi d'une douce ivresse.

« Être l'esclave d'une femme, d'une belle femme que j'aime et que j'adore !

— Et qui vous maltraite en retour, me coupa Wanda en riant.

Oui, qui m'attache et me fouette, qui me donne des coups de pied tandis qu'elle appartient à un autre.

— Et qui, après vous avoir rendu fou de jalousie, après vous avoir dressé contre l'heureux rival, pousse si loin la malice qu'elle vous offre à lui et vous livre à sa sauvagerie. Pourquoi pas ? Cette scène finale serait-elle à votre goût ? »

Je regardai Wanda avec effroi.

« Vous allez au-delà de mes rêves.

— Oui, nous autres, les femmes, sommes inventives, dit-elle, prenez garde lorsque vous aurez trouvé votre idéal ! Il pourrait très bien arriver qu'elle vous traitât avec plus de cruauté que vous ne le souhaiteriez.

— Je crains d'avoir déjà trouvé mon idéal, m'écriai-je, pressant mon visage brûlant dans son giron.

— Ce n'est pas moi, n'est-ce pas ? » cria Wanda, jetant sa fourrure. Elle se mit à sautiller dans la chambre en riant ; elle riait toujours alors que je descendais les escaliers, et, tandis que je réfléchissais dans la cour, son rire franc et espiègle me parvenait encore.

« Dois-je incarner votre idéal ? » demanda Wanda d'un ton narquois en me rencontrant aujourd'hui au parc.

Je n'ai d'abord su quoi lui répondre. Les sensations les plus contradictoires se débattaient en moi. Elle s'est assise sur un banc de pierre et a joué avec une fleur.

« Alors ? dois-je… »

Je me suis agenouillé et lui ai pris les mains.

« Je vous en prie une fois encore, soyez ma femme, une femme fidèle et loyale ; si vous ne le pouvez pas, alors soyez mon idéal, mais soyez-le totalement, sans retenue, sans modération.

— Vous savez bien que je vous accorderai ma main dans un an si vous êtes l'homme que je cherche, répondit très sérieusement Wanda, mais il me semble que vous me remercierez davantage si je réalise votre fantasme. Alors ? Qu'en dites-vous ?

— Je crois que toutes les folies de mon imagination trouvent écho dans votre caractère.

— Vous vous méprenez.

— Je crois, poursuivis-je, que vous aurez plaisir à tenir totalement un homme, à le tourmenter…

— Non, non ! cria-t-elle vivement. Encore que… » Elle réfléchit. « Je ne me comprends plus moi-même, continua-t-elle, mais je dois vous faire un aveu. Vous avez corrompu mon imagination, vous m'avez échauffé les sangs, je commence à prendre plaisir à tout cela et l'enthousiasme avec lequel vous parlez d'une Pompadour, d'une Catherine II, de toutes ces autres femmes égoïstes, frivoles et cruelles me ravit, pénètre mon âme et me pousse à leur ressembler ; malgré leur méchanceté, toute leur vie elles ont été servilement adorées, et, une fois dans la tombe, elles continuent d'accomplir des miracles. Alors, faites de moi une despote miniature, une Pompadour domestique.

— Très bien, dis-je avec excitation, si cela est en vous, cédez aux penchants de votre nature, mais ne le faites pas à moitié ; puisque vous ne pouvez être une épouse gentille et fidèle, soyez donc le diable ! »

J'étais épuisé par une nuit blanche, excité, la proximité de cette belle femme me tourmentait comme la fièvre, je ne sais plus ce que je lui ai dit, mais je me rappelle avoir embrassé ses pieds, avoir pris l'un deux pour le poser sur ma nuque. Elle le retira prestement et se redressa, presque fâchée.

« Si vous m'aimez, Séverin, dit-elle rapidement, d'un ton sec et impérieux, ne parlez plus de ces folies. Comprenez-moi. Plus jamais. Je pourrais finir par vraiment… »

Elle sourit et se rassit.

« Tout cela est très sérieux, criai-je dans un demi-délire, je vous adore tant que je veux tout endurer de vous, pourvu que vous m'autorisiez à passer ma vie entière à vos côtés.

— Séverin, je vous avertis de nouveau !

— C'est inutile. Faites de moi ce que bon vous semble, mais ne me chassez pas tout à fait.

— Séverin, répondit Wanda, je suis une jeune femme frivole, vous donner entièrement à moi est dangereux ; vous finirez par être vraiment mon jouet, comment être certain que je n'abuserai pas de votre folie ?

— Votre âme généreuse.

— La violence rend audacieuse.

— Alors, sois audacieuse, m'écriai-je, roue-moi de coups de pied. »

Wanda passa ses bras autour de mon cou, me regarda dans les yeux et hocha la tête.

« Je crains de n'en être pas capable, mais je veux essayer, par amour pour toi, parce que je t'aime Séverin, comme jamais encore je n'ai aimé un homme. »

Aujourd'hui, elle a soudain mis son chapeau et son châle ; j'ai dû l'accompagner dans un bazar. Elle s'y fit montrer des fouets, de longs fouets à manche court, comme ceux qu'on utilise pour les chiens.

« Ceux-ci devraient convenir, dit le vendeur.

— Non, ils sont bien trop courts, répondit Wanda en me lançant un regard dérobé. Il m'en faut un grand.

— Pour un bouledogue, n'est-ce pas ? fit le marchand.

— Oui, s'enjoua-t-elle, en quelque sorte, comme

ceux qu'on avait en Russie pour les esclaves récalcitrants. »

Elle chercha et choisit enfin un fouet dont la vue me rendit inquiet.

« Adieu, Séverin, dit-elle, je dois encore faire quelques achats pour lesquels vous ne pouvez m'accompagner. »

Après avoir pris congé, je fis une promenade. Sur le chemin du retour, je vis Wanda sortir de la boutique d'un fourreur. Elle me héla.

« Réfléchissez bien, commença-t-elle amusée, jamais je ne vous ai caché que votre être grave et rêveur m'avait conquise ; bien sûr, ça m'excite de voir cet homme m'appartenir tout à fait, oui ! de le voir en extase à mes pieds – quant à savoir si cette excitation durera… La femme aime l'homme, elle le maltraite pour finalement le chasser du pied.

— Alors, chasse-moi du pied lorsque tu en auras assez, répondis-je, je veux être ton esclave.

— Je vois poindre en moi de dangereuses inclinations, fit Wanda après quelques pas, tu les éveilles et ce n'est pas pour ton bien. Tu parles à merveille de volupté, de cruauté, d'insolence, mais que diras-tu si je m'essaye, si j'essayais de me conduire envers toi tel Denys[1] qui a fait brûler dans le taureau d'airain[2] son inventeur afin de s'assurer que ses lamentations, ses râles ressemblaient vraiment à des beuglements ? Et si j'étais une Denys féminine ?

---

1. Denys l'Ancien (431 av. J.-C.-367 av. J.-C.) fut un tyran de Syracuse.

2. Instrument de torture dont la description est faite en fin d'ouvrage par Wanda.

— Sois-le, criai-je, et tu combleras mes fantasmes. Je t'appartiens pour le meilleur ou pour le pire. Choisis ! Je ne peux échapper au destin qui couve dans ma poitrine, il me pousse de manière diabolique. »

« Très cher ami,

« Je ne veux te voir ni aujourd'hui, ni demain. Je ne te verrai qu'après-demain et tu seras mon esclave.

« Ta maîtresse,

« Wanda. »

« Mon esclave » était souligné. J'ai relu le billet reçu de bon matin. Puis j'ai fait seller un âne, une bête parfaitement dressée et je suis parti vers les montagnes pour calmer, dans la magnifique nature des Carpates, ma passion et mon ardeur.

Me voici revenu, fatigué, affamé, assoiffé, mais surtout : amoureux. Je me suis habillé à la hâte puis, quelques instants plus tard, j'ai frappé à sa porte.

« Entrez ! »

Je suis rentré. Elle se tenait au milieu de la pièce, dans une robe blanche de satin qui coulait sur elle comme un torrent de lumière. Elle portait une kazabaïka de satin aux riches et luxuriantes parures d'hermine, ses cheveux poudrés de frimas étaient surmontés d'un petit diadème de diamant. Elle croisait les bras et fronçait les sourcils.

« Wanda ! » J'ai fondu sur elle pour l'étreindre et l'embrasser ; elle fit un pas en arrière et me jaugea de la tête aux pieds.

« Esclave !

— Maîtresse ! » Je m'agenouillai et embrassai l'ourlet de sa robe.

« C'est mieux comme ça.

— Oh ! Ce que tu es belle !

— Je te plais ? »

Elle s'approcha du miroir et s'y mira avec une orgueilleuse suffisance.

« Vous faites chavirer mes sens ! »

Ses lèvres se contractèrent en une moue méprisante et ses paupières mi-closes laissaient entrevoir des yeux malicieux.

« Donne-moi le fouet ! »

Je parcourus la pièce du regard.

« Non, ordonna-t-elle, reste à genoux ! » Elle gagna la cheminée, prit le fouet sur son rebord et, me regardant en souriant, le fit claquer dans l'air avant de remonter lentement les manches de sa houppelande.

« Magnifique femme ! m'écriai-je.

— Silence, esclave ! » Son regard s'était fait soudain plus sombre, plus sauvage même, et elle me donna du fouet ; aussitôt, elle passa son bras autour de ma nuque et se pencha vers moi avec compassion. « T'ai-je fait mal ? demanda-t-elle, tiraillée entre la honte et l'angoisse.

— Non, rétorquai-je, et, si c'était le cas, les douleurs que tu m'infliges sont une jouissance. Ne fouette que si tu en éprouves du plaisir.

— Je n'en éprouve nul plaisir. »

De nouveau, je ressentais cette sorte d'ivresse.

« Fouette-moi, la priai-je, fouette-moi sans la moindre pitié. »

Wanda brandit le fouet et me frappa deux fois. « En as-tu assez ?

— Non.
— Non ? Sérieusement ?
— Fouette-moi, je t'en prie ! C'est un régal.
— Oui, parce que tu sais bien que ce n'est pas sérieux, rétorqua-t-elle, que je n'ai pas le cœur à te faire mal. Ce jeu brutal me dégoûte. Si j'étais vraiment femme à battre son esclave, tu serais terrorisé.
— Non, Wanda, dis-je, je t'aime plus que moi-même, je t'appartiens à la vie, à la mort, tu peux vraiment disposer de moi comme tu l'entends, oui, selon ce que te dicte ton orgueil.
— Séverin !
— Écrase-moi ! criai-je en me jetant à ses pieds, face contre terre.
— J'exècre la comédie, dit Wanda qui perdait patience.
— Alors, maltraite-moi donc pour de bon. »
Un silence inquiétant.
« Séverin, je t'avertis une dernière fois, commença Wanda.
— Si tu m'aimes, soit cruelle envers moi, l'ai-je suppliée, les yeux levés sur elle.
— Si je t'aime, reprit Wanda, soit. » Elle recula d'un pas et me considéra avec un sourire mauvais. « Alors sois mon esclave et savoure ce qu'implique d'être livré aux mains d'une femme. » Et elle me donna un coup de pied.
« Dis-moi, esclave, ça t'a plu ? »
Puis elle brandit le fouet.
« Redresse-toi ! »
J'ai voulu me lever.
« Pas ainsi, commanda-t-elle, à genoux. »
J'obéis et elle commença à me fouetter.

Les coups rapides pleuvaient avec force sur mon dos, sur mes bras, lacérant ma chair et provoquant de vives brûlures. Mais les douleurs me ravissaient parce qu'elles venaient de celle que j'adorais, à qui j'étais prêt à sacrifier ma vie à tout moment.

Elle s'arrêta. « Je commence à y prendre du plaisir, dit-elle. Ça suffit pour aujourd'hui, mais je suis habitée par la diabolique curiosité de voir jusqu'où iront tes forces, par l'envie cruelle de te faire trembler sous mon fouet, de te faire ployer pour, enfin, entendre tes gémissements, tes geignements, jusqu'à ce que tu demandes grâce – et je fouetterai sans pitié de plus belle, jusqu'à ce que tu perdes connaissance. Tu as réveillé de dangereuses inclinations en moi. Maintenant, debout ! »

J'attrapai sa main pour y poser mes lèvres.

« Quelle insolence. »

Elle me repoussa du pied.

« Hors de ma vue, esclave ! »

Après une nuit fiévreuse de rêves confus, je me suis réveillé à l'aube naissante.

Qu'y avait-il de réel parmi ces souvenirs nébuleux ? Qu'ai-je vécu, qu'ai-je rêvé ? J'ai été fouetté, sans nul doute, je ressentais encore le moindre de ces coups. Je pouvais compter les marques rouges et brûlantes sur mon corps. Et elle m'a fouetté. Oui, c'est ça, tout me revenait.

Mon fantasme est devenu réalité. Qu'est-ce que ça me faisait ? La réalisation de mon rêve m'a-t-elle déçu ? Non, j'étais juste un peu fatigué, mais sa cruauté m'emplissait de plaisir. Oh ! Comme je l'aime, comme je l'adore. Ah ! Tout cela ne peut exprimer le moins du monde ce que je ressens pour elle, comme je lui suis dévoué. Quelle félicité d'être son esclave !

Elle m'appelait de son balcon. Je me suis rué dans les escaliers. Elle se tenait sur son seuil pour me tendre aimablement la main. « J'ai honte, dit-elle tandis que je l'enlaçais et qu'elle nichait sa tête sur ma poitrine.

— Comment ?

— Essayez d'oublier l'horrible scène d'hier soir, fit-elle d'une voix chevrotante, j'ai satisfait votre plus grand fantasme, maintenant, nous allons être raisonnables, heureux et nous aimer. Dans un an, je serai votre femme.

— Ma maîtresse ! criai-je, et moi votre esclave.

— Plus un mot sur l'esclavage, la cruauté et le fouet, m'interrompit Wanda, tout cela est fini, vous n'aurez plus que ma veste de fourrure ; rentrez et aidez-moi. »

La petite pendule en bronze surmontée d'un cupidon qui venait de décocher sa flèche sonnait minuit.

Je me suis levé, je voulais partir.

Sans rien dire, Wanda m'enlaça, m'attira sur l'ottomane et recommença à m'embrasser ; ce langage muet était si compréhensible, si convaincant – et il exprimait davantage encore que ce que je m'aventurais à comprendre ; une telle langueur, un tel abandon émanaient de tout son être, et quelle voluptueuse douceur dans ses yeux mi-clos, presque crépusculaires, dans l'onde rousse de ses cheveux légèrement poudrés de blanc, dans le satin rouge et blanc qui bruissait au moindre de ses mouvements, dans l'hermine ondoyante de la kazabaïka où elle était négligemment blottie.

« Je t'en prie, balbutiai-je, mais tu vas te fâcher…

— Fais de moi ce que tu veux, chuchota-t-elle.

— Roue-moi de coups, je t'en prie ! Sans quoi je vais devenir fou.

— Je t'ai pourtant prévenu, dit Wanda avec sévérité, mais tu es incorrigible.

— Ah ! Je suis si infiniment amoureux ! » J'étais tombé à genoux et je pressais mon visage dans son giron.

« Je crois pour de bon, dit Wanda, songeuse, que toute ta folie n'est rien d'autre que sensibilité démoniaque et insatisfaite. Nos inclinations contraires à la nature provoquent cette espèce de maladie. Si tu étais moins vertueux, tu serais tout à fait raisonnable.

— Alors, rends-moi raisonnable », murmurai-je tandis que mes mains s'aventuraient dans ses cheveux, dans ses fourrures reluisantes telle une vague éclairée par le clair de lune, dont le mouvement suivait sa respiration, chavirant mes sens.

Puis je l'ai embrassée – non, elle m'a embrassé, si sauvagement, si impitoyablement ; comme si elle voulait m'assassiner de ce baiser. Je nageais en pleine démence, voilà longtemps que j'avais perdu la raison, et, soudain, je ne pus plus respirer. Je tentai de me libérer.

« Que se passe-t-il ? demanda Wanda.

— Je souffre terriblement.

— Tu souffres ? » Elle partit d'un rire sonore et espiègle.

« Ris donc, ai-je gémi, ne te doutes-tu donc pas… »

D'un coup, elle était redevenue sérieuse. Elle releva ma tête de ses deux mains et la plaqua d'un geste énergique contre sa poitrine.

« Wanda ! bredouillai-je

— C'est vrai, ça te fait plaisir de souffrir, dit-elle puis elle se mit à rire de nouveau, mais attends, je vais te ramener à la raison.

— Non, m'écriai-je, je ne veux plus te demander si tu désires m'appartenir pour toujours ou seulement pour un instant béni, je ne veux que savourer mon bonheur ; dorénavant, tu es à moi et je préfère te perdre plutôt que ne jamais te posséder.

— Te voici redevenu raisonnable », dit-elle en m'embrassant de nouveau de ses lèvres assassines. J'arrachai hermine et dentelles pour sentir sa gorge nue se gonfler contre ma poitrine.

Puis j'ai perdu connaissance.

Je ne me souviens que de cet instant où j'ai vu du sang couler de ma main et que je lui ai demandé sur un ton apathique : « M'as-tu griffé ?

— Non, je crois que je t'ai mordu. »

Il est tout à fait curieux de constater à quel point une relation revêt un nouveau visage sitôt qu'y entre une nouvelle personne.

Tous les deux, nous avons coulé des jours merveilleux, nous avons visité lacs et montagnes, nous lisions ensemble et j'apportai la touche finale au portrait de ma mie. Comme nous nous aimions ! Comme son visage charmant était souriant !

C'est alors qu'est arrivée une de ses amies, une

femme divorcée, un peu plus âgée, un peu plus expérimentée et moins scrupuleuse que Wanda, une femme dont l'influence se fait déjà sentir en toute chose.

Wanda plisse le front et fait montre à mon égard d'une certaine impatience.

Ne m'aime-t-elle plus ?

Depuis une quinzaine de jours, cette insupportable contrainte. Son amie habite chez elle, jamais plus nous ne sommes seuls. Un cercle d'hommes entoure les deux jeunes femmes. Du haut de ma gravité et de mon spleen, j'ai l'air stupide dans mon rôle d'amant. Wanda me traite en étranger.

Aujourd'hui, à l'occasion d'une promenade, elle est restée en retrait à mes côtés. Je remarquai qu'elle l'avait fait à dessein et j'exultai. Mais que ne m'a-t-elle pas dit !

« Mon amie ne s'explique pas comment je peux vous aimer, elle ne vous trouve ni beau ni particulièrement attirant, sans compter qu'elle ne cesse de me parler du matin au soir de la vie frivole et pétillante de la capitale, des exigences que je pourrais avoir, des beaux partis que je pourrais y trouver, des soupirants bien mis et aristocratiques que je pourrais séduire. Mais, à quoi bon ? Puisque je vous aime. »

J'en suffoquai, avant de dire : « Dieu me garde d'être un obstacle à votre bonheur, Wanda. Ne faites plus cas de moi. » J'enlevai mon chapeau et la laissai avancer. Elle me regarda, étonnée, mais ne dit rien.

Mais, alors que je me trouvais fortuitement de nouveau à ses côtés sur le chemin du retour, elle me serra la main en tapinois[1] et posa sur moi un regard si plein de chaleur et de bon augure que tous les tourments des jours passés s'en allèrent, que toutes mes plaies cicatrisèrent.

Je sais de nouveau à quel point je l'aime.

« Mon amie s'est plainte de toi, m'a confié Wanda aujourd'hui.

— Peut-être sent-elle que je la méprise.

— Pourquoi la méprises-tu, petit extravagant ? s'écria Wanda en me tirant les oreilles.

— Parce qu'elle manigance, dis-je, je n'ai de considération que pour les femmes vertueuses ou celles qui vivent ouvertement pour la jouissance.

— Comme moi, plaisanta Wanda, mais vois-tu, mon enfant, très rares sont les femmes qui y parviennent. La femme ne peut être aussi sensuelle ni aussi libre spirituellement que l'homme, son amour est toujours une passion à mi-chemin entre la chair et l'esprit. Son cœur n'aspire qu'à captiver les hommes pour longtemps alors qu'elle-même est sujette aux changements, c'est ainsi qu'arrivent discorde, mensonge et fausseté, souvent contre son gré, dans sa manière d'être et d'agir – tout cela corrompt son caractère.

— C'est ainsi sans nul doute, dis-je, la tournure transcendantale que les femmes veulent donner à l'amour les pousse à la tromperie.

— Mais c'est aussi ce qu'on exige d'elle, m'interrompit Wanda, prenez cette femme, son époux et son amant sont à Lemberg, elle a trouvé ici un nouveau

1. En cachette.

prétendant ; tous, elle les trompe, et, pourtant, elle est vénérée et considérée de tous.

— Me concernant, m'écriai-je, elle doit te laisser en dehors de ce jeu, elle te traite comme une marchandise.

— Pourquoi pas, coupa vivement ma belle amante, en toute femme sommeille l'instinct, une certaine inclination pour tirer profit de ses charmes, et il y a beaucoup d'avantages à se donner sans amour, sans plaisir ; on reste d'un parfait sang-froid et on en retire tous les profits.

— Wanda, c'est toi qui dis ça ?

— Pourquoi, non ? continua-t-elle. Fais bien attention à ce que je te dis : ne sois jamais certain de la femme que tu aimes, parce que la nature de la femme dissimule plus de dangers que ce que tu imagines. Les femmes ne sont pas si bonnes que l'affirment leurs admirateurs et leurs défenseurs ni si mauvaises que le prétendent leurs détracteurs. La nature des femmes se caractérise par l'inconstance. La meilleure d'entre elles peut sombrer dans la boue, la plus mauvaise s'illustrer de manière inattendue par de grandes et belles actions, couvrant leurs contempteurs de honte. Nulle femme n'est si bonne, n'est si mauvaise qu'elle ne puisse être capable à la fois des pensées, des sentiments ou des actions les plus diaboliques, les plus divines, les plus méprisables ou les plus pures. Malgré tous les progrès de la civilisation, la femme est restée telle qu'elle a été conçue par la nature ; elle a un tempérament de bête sauvage, fidèle ou infidèle, généreuse et cruelle, selon la pulsion qui la domine. Depuis toujours, seule une instruction sérieuse et profonde a pu produire un caractère moral ; l'homme, même s'il est égoïste ou méchant, suit des principes constants – la femme suit ses pulsions. N'oublie jamais ça, et jamais ne sois certain de la femme que tu aimes. »

Voici son amie partie. Enfin une soirée en tête à tête. Comme si Wanda avait gardé tout l'amour dont elle m'avait privé pour cette soirée bénie ; elle est si bonne, si attentive, si pleine de grâce !

Quelle félicité que d'être pendu à ses lèvres, de fondre dans ses bras ; quelle félicité lorsqu'elle s'abandonne, toute à moi, qu'elle repose sur ma poitrine et que nos regards ivres de volupté sombrent l'un dans l'autre.

Je ne parviens pas encore à croire, à réaliser que cette femme est mienne, totalement mienne.

« Elle a pourtant raison sur un point, commença Wanda, sans même bouger, sans même ouvrir les yeux, comme si elle dormait.

— Qui ? »

Elle ne dit rien.

« Ton amie ? »

Elle hocha la tête. « Oui, elle a raison, tu n'es pas un homme, tu es un être fantasque, un soupirant séduisant, tu ferais un esclave incomparable, mais je ne parviens pas à t'imaginer comme époux. »

Je sursautai.

« Qu'as-tu, tu trembles ?

— Je tremble à la pensée de pouvoir te perdre si facilement, répondis-je.

— En es-tu moins heureux pour autant ? rétorqua-t-elle. Ta joie est-elle gâtée par le fait que j'aie appartenu à d'autres avant toi, que d'autres après toi me posséderont ? Éprouverais-tu moins de plaisir si j'en rendais un autre heureux en même temps que toi ?

— Wanda !

— Vois-tu, reprit-elle, ce serait une échappatoire. Tu ne veux pas me perdre, jamais, tu m'es cher et ta tournure d'esprit me plaît tant que je voudrais vivre avec toi pour toujours, si je pouvais à tes côtés…

— Quelle pensée, m'écriai-je, j'en éprouve un frisson d'horreur.

— Et m'aimes-tu moins ?

— Au contraire. »

Wanda s'était appuyée sur son bras gauche. « Je crois, dit-elle, qu'il faut être infidèle pour envoûter un homme à jamais. Quelle brave femme n'a-t-elle jamais été aussi adorée qu'une hétaïre ?

— Se niche bel et bien dans l'infidélité d'une femme aimée un charme douloureux, la plus grande des voluptés.

— Pour toi également ? demanda Wanda d'un ton lapidaire.

— Pour moi aussi.

— Et si je t'accordais ce plaisir ? s'écria-t-elle avec malice.

— Alors j'en souffrirais horriblement, et néanmoins ne t'en aimerais que davantage, dis-je, mais tu ne devras pas me duper, tu devras avoir la diabolique magnanimité de me dire : tu seras le seul que j'aimerai, mais je rendrai heureux qui me plaît. »

Wanda secoua la tête.

« Je méprise le mensonge, je suis sincère – mais quel homme ne s'écroule-t-il pas sous les coups de la vérité ? Si je te disais : cette vie légère et sensuelle, ce paganisme, voilà mon idéal, aurais-tu la force de le supporter ?

— Assurément. Je veux tout supporter de toi, seulement ne pas te perdre. Je me rends bien compte à quel point je te suis de peu d'importance.

— Mais Séverin…

— C'est pourtant ainsi, dis-je, c'est pourquoi…

— C'est pourquoi tu aimerais… » Elle esquissa un sourire narquois. « Se peut-il que j'aie deviné ?

— Être ton esclave ! criai-je, ta chose sans volonté, qui t'appartienne totalement, dont tu puisses disposer à ta guise, et qui jamais ne devienne un fardeau. Je voudrais, tandis que tu bois la vie à grands traits, tandis que, bordée dans un luxe exubérant, tu savoures le bonheur le plus céleste, l'amour de l'Olympe, je voudrais te servir, te chausser et te déchausser.

— Au fond, tu n'as pas tout à fait tort, répondit Wanda, il n'y a qu'en esclave que tu supporterais que j'en aime d'autres, et puis, la liberté de jouir si chère au monde antique n'est pas concevable sans esclavage. Oh ! Quel sentiment divin ce doit être que de voir des gens s'agenouiller et trembler devant soi. Je veux des esclaves, m'entends-tu, Séverin ?

— N'en suis-je pas déjà un ?

— Écoute-moi, dit Wanda avec fougue, prenant ma main, je veux être à toi aussi longtemps que je t'aimerai.

— Un mois ?

— Peut-être même deux.

— Et ensuite ?

— Ensuite, tu seras mon esclave.

— Et toi ?

— Moi ? Quelle question ! Je suis une divinité,

et, parfois, descendant de mon Olympe silencieusement, bien silencieusement et secrètement, je viendrai à toi. Mais qu'est-ce donc que tout ça ? continua Wanda, la tête entre les mains, le regard perdu dans le lointain, un fantasme doré qui jamais ne se réalisera. »

Une mélancolie inquiétante et larvée l'avait submergée ; jamais encore je ne l'avais vue ainsi.

« Jamais ne se réalisera ? Mais pourquoi donc ?

— Parce qu'il n'y a pas d'esclavage chez nous.

— Alors nous irons dans un pays qui le pratique encore, en Orient, en Turquie, dis-je avec enthousiasme.

— Tu voulais... Séverin... sérieusement..., répondit Wanda avec une lueur dans les yeux.

— Oui, je veux sérieusement être ton esclave, continuai-je, je veux que ta violence à mon égard soit consacrée par la loi, remettre ma vie entre tes mains, que rien, sur cette terre, ne puisse me protéger ou me sauver de toi. Oh ! Quelle volupté que de me sentir dépendre de ton arbitraire, de ton humeur, d'un claquement de tes doigts. Puis quelle félicité lorsque tu seras clémente, lorsque l'esclave aura le droit d'embrasser ces lèvres dont dépendent sa vie et sa mort ! »

De nouveau, je me suis agenouillé puis j'ai posé mon front brûlant sur ses genoux.

« Tu es fiévreux, Séverin, remarqua Wanda avec excitation, m'aimes-tu vraiment si infiniment ? »

Elle me tira contre sa gorge et me couvrit de baisers.

« Alors, tu veux bien ? dit-elle, hésitante.

— Je jure ici, devant Dieu et sur mon honneur,

que je suis ton esclave, où et quand tu voudras, sitôt que tu l'ordonneras, criai-je, transporté hors de moi.

— Et si je te prenais au mot ? dit Wanda.

— Fais-le !

— À mes yeux, reprit-elle, c'est un charme qui n'a pas son pareil de savoir qu'un homme qui m'adore, et que j'aime de toute mon âme, un homme qui se livre totalement à moi, de savoir que cet homme dépend de mon bon vouloir, dépend de mon humeur et de l'avoir pour esclave, tandis que… »

Elle me lança un étrange regard.

« Si je deviens vraiment frivole, ce sera ta faute, poursuivit-elle, il me semble que tu me redoutes déjà, mais j'ai ta parole.

— Et je la tiendrai.

— J'y veillerai, répondit-elle. Voici que j'y éprouve désormais du plaisir. Dieu m'en est témoin, ça ne restera plus longtemps un fantasme. Tu seras mon esclave, et moi j'essayerai d'être ta Vénus à la fourrure. »

Je croyais enfin connaître cette femme, la comprendre, et je réalise maintenant qu'il me faut tout reprendre depuis le commencement. Avec quelle aversion considérait-elle mes fantasmes il y a peu et quel sérieux montre-t-elle maintenant à les réaliser !

Elle a établi un contrat auquel me lient ma parole d'honneur et un serment ; celui d'être son esclave, aussi longtemps qu'elle le souhaitera.

Le bras autour de mon cou, elle me fait lecture de ce document inouï, incroyable, et ponctue chaque phrase d'un baiser.

« Mais ce contrat ne fait état que de mes devoirs, dis-je pour la plaisanter.

— Naturellement, répondit-elle avec le plus grand sérieux. Tu cesses d'être mon amant, je suis alors libérée de tous mes devoirs, de tous mes égards envers toi. Mes faveurs, tu dois dorénavant les considérer comme des grâces ; des droits, tu n'en as plus, ni ne peux en faire valoir aucun. Le pouvoir que j'exerce sur toi ne doit plus connaître de limites. Songe, homme, que tu ne vaux pas beaucoup mieux qu'un chien, qu'une chose sans vie ; tu es mon objet, mon jouet, je peux le démolir sitôt que j'ai une heure à tuer. Tu n'es rien. Je suis tout. Compris ? »

Elle se mit à rire, m'embrassa de nouveau et je fus parcouru d'une sorte de frisson.

« M'autorises-tu à poser quelques conditions, dis-je.

— Des conditions ? » Elle plissa le front. « Ah ! Tu as déjà peur, tu regrettes déjà, mais c'est trop tard ; tu as prêté serment, j'ai ta parole d'honneur. Je t'écoute cependant.

— D'abord, je veux voir figurer dans notre contrat que jamais tu ne te sépareras tout à fait de moi, que jamais tu ne me livreras à la brutalité d'un de tes amants…

— Mais, Séverin, partit Wanda d'une voix tremblante, les larmes dans les yeux, comment peux-tu croire que, toi, un homme qui m'aime tant, qui se livre totalement à moi…

— Non ! Non ! fis-je en couvrant ses mains de baisers, je n'ai rien à craindre de toi, rien qui puisse me déshonorer, pardonne-moi cet odieux moment ! »

Wanda afficha un large sourire, posa sa joue contre la mienne et semblait réfléchir.

« Il y a quelque chose que tu as oublié, murmura-t-elle avec malice, le plus important.

— Une condition ?

— Oui, que je doive toujours apparaître en fourrures, s'écria-t-elle, mais je te promets de les porter parce qu'elles me donnent le sentiment d'être une despote, parce que je veux être très cruelle envers toi, comprends-tu ?

— Dois-je signer le contrat ? dis-je.

— Pas encore, dit Wanda, je vais d'abord y ajouter tes conditions ; tu ne le signeras qu'en temps et en lieu.

— À Constantinople ?

— Non. J'ai réfléchi. Quelle valeur y aurait-il à posséder un esclave là où tout le monde a le sien ? Je veux être la seule à avoir un esclave, ici, dans notre monde instruit, austère et philistin, un esclave qui obéisse à ma main non pas contraint par la loi, par le droit ou par une grossière violence, mais seulement par le pouvoir de ma beauté et de mon être. Je trouve cela piquant. Quoi qu'il en soit, nous irons là où personne ne nous connaît, là où tu pourras sans déplaire passer pour mon domestique. Peut-être en Italie, à Rome ou à Naples. »

Nous nous sommes assis sur son ottomane, elle portait une veste d'hermine, ses cheveux étaient défaits et tombaient sur son dos telle une crinière de lionne, elle s'accrochait à mes lèvres comme pour me tirer l'âme du corps. La tête me tournait, mon sang était en ébullition, mon cœur battait frénétiquement contre le sien.

« Je veux t'appartenir totalement, dis-je soudain, étourdi par la passion, incapable d'avoir une pensée claire ou de prendre une décision, sans la moindre condition, sans la moindre limite à ton pouvoir sur moi, je veux me livrer aux grâces comme aux disgrâces de ton impérieuse volonté. »

En parlant, j'avais glissé de l'ottomane à ses pieds et je lui lançai un regard plein d'ivresse.

« Comme tu es beau à cet instant ! dit-elle. Tes yeux transportés par l'extase me ravissent, m'éblouissent, ton regard devait être merveilleux quand tu as été fouetté à mort, à en succomber. Tu as les yeux d'un martyre. »

Parfois pourtant, je suis inquiet à l'idée de me livrer ainsi totalement, sans condition, au pouvoir de cette femme. Et si elle abusait de ma passion, forte de son pouvoir ?

J'éprouve donc maintenant ce qui occupait mon imagination depuis ma plus tendre enfance et m'emplissait de ce doux frisson. Folle inquiétude ! C'est un jeu insouciant auquel elle joue avec moi, rien de plus. Elle m'aime, oui ! et c'est une noble nature, si bonne, incapable de la moindre tromperie ; mais c'est elle qui bat les cartes – si elle le souhaite, elle le peut – et quel charme à ces doutes, à ces craintes !

Je comprends alors Manon Lescaut, le pauvre chevalier qui l'adore à en mourir au pilori alors qu'elle est la maîtresse d'un autre.

L'amour ne connaît ni vertu ni mérite ; il aime, oublie et endure tout parce qu'il le doit ; ce n'est pas notre jugement qui nous guide, ni les mérites ou les fautes que nous découvrons qui nous poussent à nous donner ou à reculer. C'est une violence douce, languissante et mystérieuse qui nous domine ; nous cessons de penser, de ressentir, de vouloir, nous nous laissons porter par celle-là, ignorant notre destination.

Sur la promenade, est apparu pour la première fois aujourd'hui un prince russe qui attirait tous les regards en raison de sa silhouette athlétique, de la jolie manière de son visage, du luxe de sa tenue. Les dames, en particulier, étaient médusées par cette bête sauvage tandis qu'il marchait dans les allées, l'air sombre, ne regardant personne, escorté par deux domestiques, un Nègre tout de satin rouge vêtu et un Circassien[1] en livrée flamboyante. Soudain, il vit Wanda, il la jaugea de son regard froid et transperçant, tourna la tête vers elle, et, après son passage, il resta sur place à la regarder encore.

Quant à elle, elle le dévora de ses yeux verts et pétillants, et mit tout en œuvre pour le rencontrer de nouveau.

La coquetterie raffinée de sa démarche, de ses mouvements, des regards qu'elle posait sur lui me noua la gorge. Alors que nous allions vers la maison, je fis une remarque à ce propos. Elle plissa le front.

« Que veux-tu, dit-elle, ce prince est homme à me plaire ; il m'éblouit, même, et je suis libre de faire ce que bon me semble…

— Ne m'aimes-tu plus ? balbutiai-je avec effroi.

— Je n'aime que toi ! Mais je vais laisser ce prince me faire la cour.

— Wanda ?

1. Qui vient du Caucase.

— N'es-tu pas mon esclave ? dit-elle tranquillement. Ne suis-je pas Vénus, la cruelle Vénus du Nord dans ses fourrures ? »

Je fis silence. Je me suis littéralement senti anéanti par ses paroles, son regard froid m'a fait l'effet d'un pieu en plein cœur.

« Tu vas sur-le-champ te renseigner sur le nom, la résidence et toutes les relations du prince, comprends-tu ? continua-t-elle.

— Mais…

— Pas d'objection. Obéis ! cria Wanda avec une virulence dont jamais je ne l'aurais cru capable. Je ne veux plus te voir avant que tu puisses répondre à toutes mes questions. »

Ce n'est que l'après-midi que je pus apporter à Wanda les renseignements qu'elle souhaitait. Elle me laissa planté devant elle comme un domestique tandis que, étendue dans son fauteuil, elle m'écoutait en souriant. Puis elle hocha la tête, elle semblait satisfaite.

« Donne-moi le tabouret ! » ordonna-t-elle d'un ton lapidaire.

Je m'exécutai, et, après que je l'eus placé devant elle et qu'elle y eut posé ses pieds, je restai à genoux.

« Comment cela finira-t-il ? » demandai-je tristement après une courte pause.

Elle partit d'un rire haut et insouciant. « Ça n'a pas encore commencé !

— Tu es plus dure encore que je ne l'imaginais, répondis-je, blessé.

— Séverin, commença Wanda avec sérieux, je n'ai encore rien fait, rien du tout, et tu me trouves déjà trop dure. Que se passera-t-il lorsque je comblerai tes fantasmes ? Lorsque je mènerai une vie joyeuse et libre, que j'aurai un cercle de prétendants, et que, pour incarner ton idéal, je te piétinerai et te donnerai du fouet ?

— Tu prends mes fantasmes trop à cœur.

— Trop à cœur ? Sitôt que je les accomplis, je ne peux plus badiner, répondit-elle, tu sais à quel point ce jeu, cette comédie me sont détestables. Tu l'as voulu ainsi. Était-ce mon idée ou la tienne ? T'y ai-je conduit ou bien as-tu échauffé mes sens ? Maintenant, je prends tout ça très à cœur.

— Wanda, répondis-je avec tendresse, écoute-moi calmement. Nous nous aimons infiniment, nous sommes si heureux, veux-tu sacrifier tout notre avenir sur un caprice ?

— Ce n'est plus un caprice s'emporta-t-elle.

— Mais qu'est-ce alors ?

— Ça sommeillait en moi, dit-elle doucement, presque songeuse, peut-être que jamais ça ne serait apparu au grand jour ; mais tu l'as réveillé, développé, et, maintenant, alors que c'est devenu une pulsion puissante, qui me comble, à laquelle je trouve du plaisir, contre laquelle je ne peux rien faire, maintenant, tu veux faire marche arrière, toi ! Es-tu vraiment un homme ?

— Ma chère Wanda ! » Je commençai à la caresser, à l'embrasser.

« Laisse-moi, tu n'es pas un homme…

— Et toi, qu'es-tu ? dis-je avec impétuosité.

— Je suis têtue, fit-elle, tu le sais. Je ne suis pas forte lorsqu'il s'agit de fantasmer et pas faible lorsqu'il faut agir, comme toi ; que j'entreprenne quelque chose, alors je vais au bout, et avec une assurance d'autant plus grande que l'on me résiste. Laisse-moi ! »

Après m'avoir repoussé, elle se leva.

« Wanda ! » Je me levai en même temps qu'elle et la regardai dans les yeux.

« Tu sais qui je suis, maintenant, continua-t-elle, je te mets en garde une dernière fois. Tu as encore le choix. Je ne te force pas à être mon esclave.

— Wanda, répondis-je, tourmenté, les yeux embrumés de larmes, tu ne sais pas combien je t'aime. »

Elle afficha une moue méprisante.

« Tu t'égares, tu te fais plus mauvaise que tu n'es, ta nature est bien trop bonne, trop noble...

— Que sais-tu de ma nature, m'interrompit-elle brutalement, tu découvriras bien qui je suis.

— Wanda !

— Décide-toi ; veux-tu te soumettre ? Sans condition ?

— Et si je refusais ?

— Dans ce cas... »

Elle marcha sur moi, d'un air froid et sardonique, et à la manière qu'elle avait de se tenir devant moi, les bras croisés sur la poitrine, un sourire mauvais aux lèvres, je retrouvais tout à fait la femme despotique de mes fantasmes – ses traits étaient durs, son regard vierge de toute bonté, de toute miséricorde.
« Bien, lâcha-t-elle finalement.

— Tu es méchante, dis-je, tu vas me fouetter.

— Oh ! non, répondit-elle, je vais te laisser partir, tu es libre. Je ne te retiens pas.

— Wanda – moi, qui t'aime tant...

— Oui, vous, Monsieur, qui m'adorez, s'écria-t-elle avec dédain, mais qui êtes un lâche, un menteur, un parjure. Partez sur-le-champ !

— Wanda !

— Quoi encore ? »

Le sang afflua vers mon cœur. Je me suis jeté à ses pieds et me suis mis à pleurer.

« Encore des larmes ! » Elle commença à rire, d'un rire atroce. « Partez, je ne veux plus vous voir.

— Mon Dieu ! hurlai-je, hors de moi, je ferai tout ce que tu ordonneras, je serai ton esclave, ta chose dont tu décideras du haut de ta superbe. Mais ne me chasse pas – j'en mourrais ! Sans toi, je ne peux vivre. » J'enlaçai ses genoux et couvris sa main de baisers.

« Oui, tu dois être esclave et tâter du fouet, car tu n'es pas homme », dit-elle posément, et c'est précisément ce qui me déchira tant le cœur ; qu'elle me parlât sans colère, sans témoigner le moindre agacement, qu'elle me parlât avec tant de maîtrise. « Je te connais maintenant, je connais ta nature de chien ; tu ne peux adorer que sous les coups de pied, tu adores d'autant plus que tu es maltraité. Je te connais maintenant, mais toi, tu dois encore me connaître. »

Elle allait et venait à grands pas tandis qu'anéanti je restai à genoux, la tête chancelante, d'où coulaient de grosses larmes.

« Viens à moi », m'ordonna Wanda en s'installant sur l'ottomane. Suivant son geste, je m'installai à ses côtés. Elle me jeta un regard sombre, puis, soudain, son regard s'illumina, elle me tira contre sa poitrine en souriant et entreprit de sécher mes larmes de ses baisers.

Tel est le comique de ma situation ; comme l'ours du zoo qui peut s'enfuir, mais ne le veut pas, je suis prêt à tout endurer dès qu'elle menace de me rendre la liberté.

Si seulement elle pouvait de nouveau prendre le fouet ! La gentillesse avec laquelle elle me traite revêt un je-ne-sais-quoi d'inquiétant. J'ai l'impression d'être une petite souris prisonnière d'un gentil chat, qui joue avec elle, mais est prêt à tout moment à l'écharper – et mon cœur de souris bat la chamade.

Qu'a-t-elle prévu ? Que va-t-elle faire de moi ?

Elle semble avoir complètement oublié le contrat qui me réduit à l'esclavage, à moins que ce ne fût qu'une lubie ; aurait-elle renoncé à tous ses plans sitôt que j'aurais renoncé à toute forme de résistance ? Sitôt que j'aurais ployé sous ses humeurs souveraines ? Qu'elle est bonne à mon égard en ce moment ! Qu'elle est tendre et aimante ! Nous vivons des jours heureux.

Aujourd'hui, elle m'a fait lire la scène du *Faust* où Méphistophélès apparaît en étudiant ; son regard était posé sur moi avec une étrange satisfaction.

« Je ne comprends pas, dit-elle lorsque j'en eus fini, comment un homme peut exposer de belles et grandes pensées avec tant d'extraordinaire clarté, d'acuité et de raison tout en étant un tel fantasque, un Schlemihl[1] suprasensuel.

— Ça t'a plu ? » demandai-je en embrassant sa main.

---

1. Terme yiddish qui désigne un raté, un loser.

Elle me caressa amicalement le front.

« Je t'aime, Séverin, murmura-t-elle, je crois que je ne pourrais aimer un autre homme davantage. Soyons raisonnables, veux-tu ? »

En guise de réponse, je l'ai serrée dans mes bras ; un bonheur profond, mélancolique emplit ma poitrine, mes yeux se mouillèrent de larmes, l'une d'elles tomba sur sa main.

« Comment peux-tu pleurer, s'exclama-t-elle, quel enfant tu fais ! »

Nous avons rencontré le prince russe lors d'une promenade en automobile. De toute évidence, il fut surpris et courroucé de me voir aux côtés de Wanda et il sembla vouloir la transpercer de son regard gris et électrique tandis qu'elle – j'aurais tant voulu, à cet instant, m'agenouiller devant elle et lui baiser les pieds –, tandis qu'elle fit mine de ne pas le remarquer ; son regard glissa sur lui avec indifférence, comme sur un objet inanimé, comme sur un arbre, puis elle se tourna vers moi, affichant un sourire charmant.

Lorsque aujourd'hui je lui ai souhaité une bonne nuit, elle m'a soudain semblé, sans raison, absente et contrariée. Qu'est-ce qui pouvait bien la préoccuper ainsi ?

« Ça me fait de la peine que tu t'en ailles, dit-elle alors que je me trouvai déjà sur le seuil.

— Il t'appartient d'abréger la durée de mon épreuve, cesse de me tourmenter… l'implorai-je.

— Tu ne comprends donc pas que ces contraintes me causent également du tourment ? rétorqua Wanda.

— Alors, mets-y fin ! criai-je en l'enlaçant, sois ma femme.

— Jamais, Séverin, dit-elle doucement, mais avec une grande assurance.

— Pardon ? »

J'étais horrifié au plus profond de mon âme.

« Tu n'es pas un époux pour moi. »

Je lui jetai un regard, retirai lentement mes bras de sa taille et quittai ses appartements. Elle ne me rappela pas.

Une nuit sans sommeil ; j'ai pris autant de résolutions que j'en ai rejeté. Au matin, j'ai écrit une lettre annonçant que notre relation était finie. Mes mains en tremblaient et, au moment de la cacheter, je me suis brûlé.

Je chancelai dans les escaliers pour la donner à la femme de chambre.

C'est alors que la tête de Wanda couverte de papillotes passa par la porte.

« Je ne suis pas encore coiffée, dit-elle en souriant. Qu'avez-vous là ?

— Une lettre…

— Pour moi ? »

J'acquiesçai.

« Ah ! Vous voulez vous séparer de moi, dit-elle, espiègle.

— Ne m'avez-vous pas confié hier que je n'étais pas digne d'être votre époux ?

— Je vous le répète, répondit-elle.

— Voici… » Je tremblais de tout mon corps, incapable de parler : je lui ai tendu la lettre.

« Gardez-la, dit-elle d'un mépris glacial. Vous oubliez qu'il ne s'agit plus de savoir si vous ferez ou non un mari convenable ; vous faites un parfait esclave.

— Madame ! m'emportai-je.

— Oui ! C'est ainsi que vous devrez m'appeler à présent, rétorqua Wanda levant la tête avec un indicible dédain. Vous avez vingt-quatre heures pour mettre de l'ordre dans vos affaires, je pars après-demain pour l'Italie ; vous m'y accompagnerez en tant que domestique.

— Wanda…

— Je ne vous permets pas la moindre familiarité, me coupa-t-elle violemment. De la même manière, je vous défends de rentrer dans mes appartements sans y avoir été appelé ou sonné, je vous défends de m'adresser la parole sans y avoir été invité. Dorénavant, vous ne vous appellerez plus Séverin, mais Gregor. »

J'en ai tremblé de rage, mais également – comment le nier ? – de plaisir et d'excitation piquante.

« Vous connaissez pourtant ma situation, Madame, entrepris-je, troublé, je vis encore aux dépens de mon père et je doute qu'il me donne la somme nécessaire à ce périple…

— Ça signifie que tu n'as pas d'argent, Gregor, remarqua-t-elle, réjouie, c'est encore mieux ; ainsi tu dépends totalement de moi et tu es bel et bien mon esclave.

— Ne pensez-vous pas, essayai-je d'objecter, qu'il soit impossible à l'homme d'honneur…

— J'ai pensé, rétorqua-t-elle d'un ton péremptoire, qu'en tant qu'homme d'honneur il vous faut d'abord tenir votre serment, votre promesse de me suivre comme esclave, où que j'aille, de m'obéir au doigt et à l'œil. Va-t'en maintenant, Gregor ! »

Je me dirigeai vers la porte.

« Pas si vite – tu as d'abord le droit de me baiser la main. »

Ce disant, elle me tendit sa main avec une indifférence mâtinée de fierté et moi, moi, le dilettante, moi, l'âne, moi, l'esclave misérable, je la pressai contre mes lèvres sèches de chaleur et d'excitation, dans une tendresse éperdue.

De nouveau un signe de tête impérieux. Il signifiait mon congé.

Jusqu'à tard dans la nuit, mes chandelles se sont consumées et le feu a brûlé dans le grand poêle vert ; je devais encore mettre de l'ordre dans des lettres et des écrits et toute la violence de l'automne – comme c'est habituellement le cas dans nos contrées – avait fait une irruption soudaine.

Sans prévenir, elle frappa à ma fenêtre du manche de son fouet.

Je lui ouvris et la vis dans sa veste fourrée d'hermine et coiffée d'un haut chapeau cosaque, un chapeau rond en hermine également à la manière de ceux qu'affectionnait la Grande Catherine.

« Es-tu prêt, Gregor ? s'enquit-elle d'une voix lugubre.

— Pas encore, Maîtresse, répondis-je.

— Ça me plaît, dit-elle, il faut toujours que tu m'appelles Maîtresse, compris ? Nous partons demain matin à neuf heures. Jusqu'au chef-lieu, tu seras mon compagnon, mon ami, à partir du moment où nous monterons dans le wagon, mon esclave, mon domestique. Maintenant, ferme la fenêtre et ouvre la porte. »

Après avoir fait ce qu'elle ordonnait et qu'elle fut à l'intérieur, elle demanda, fronçant les sourcils d'un air narquois :

« Alors, je te plais ?

— Tu…

— Qui t'as permis ? » Et de me donner un coup de fouet.

« Vous êtes merveilleusement belle, Maîtresse. »

Wanda sourit et s'assit sur mon fauteuil.

« Agenouille-toi ! Ici, à côté de mon fauteuil. »

Je m'exécutai.

« Baise-moi la main. »

Je pris sa petite main froide et la baisai.

« Puis la bouche… »

J'enlaçai cette belle femme cruelle de toute ma passion bouillonnante et je couvris son visage, ses lèvres et sa gorge de baisers brûlants qu'elle me rendit avec la même fougue – les yeux fermés comme dans un songe – jusqu'à minuit passé.

À neuf heures précises, ainsi qu'elle l'avait ordonné, tout était prêt pour le départ et c'est dans une confortable calèche que nous avons quitté la petite station thermale des Carpates où s'était noué le drame le plus intéressant de ma vie – personne ne pouvait alors en soupçonner le dénouement.

Pour l'instant, tout se passait bien. J'étais assis aux côtés de Wanda ; à l'instar de vieux amis, nous devisions le plus aimablement et le plus spirituellement du monde sur l'Italie, le dernier roman de

Pissemski[1] et la musique de Wagner. Elle portait pour le voyage une sorte d'amazone, une robe d'étoffe noire, une courte veste assortie et garnie de zibeline qui épousait ses fines formes pour les mettre admirablement en valeur et elle avait enroulé ses épaules d'une fourrure. Ses cheveux, relevés par un chignon antique, étaient surmontés d'un chapeau de fourrure sombre à voilette noire. Wanda était de fort bonne humeur, elle me gavait de bonbons, me coiffait, elle défit mon foulard pour en faire une petite poupée ravissante, couvrit mes jambes de ses fourrures pour caresser ma main à la dérobée, et, lorsque notre cocher juif regardait devant lui pour un certain temps, elle me donnait même un baiser ; ses froides lèvres avaient alors le parfum frais et glacé de ces jeunes roses qui éclosent en automne, entre arbrisseaux dénudés et feuilles jaunies, ces jeunes roses dont le calice se pare de petits diamants glacés aux premières gelées.

Voici le chef-lieu. Nous descendons devant la gare. Wanda quitte sa fourrure et la pose sur mon bras avec un sourire gracieux avant d'aller chercher les billets.

De retour, je ne la reconnais plus.

« Voici ton billet, Gregor, dit-elle de ce ton dont les dames hautaines gratifient leurs laquais.

— Un billet de troisième classe, constaté-je avec un effroi comique.

— Bien entendu, poursuit-elle, maintenant, prends

1. Alexeï Pissemski (1821-1881) est un écrivain et dramaturge russe.

garde de n'embarquer qu'une fois que je serai installée et que je n'aurai plus besoin de toi. À chaque arrêt, tu te presseras de venir chercher tes ordres à ma voiture. Ne l'oublie pas. Maintenant, rends-moi ma fourrure. »

Après l'avoir aidé comme un esclave soumis, je la suivis tandis qu'elle cherchait un compartiment libre en première classe ; elle y sauta en prenant appui sur mes épaules, me fit couvrir ses pieds d'une peau d'ours et je les posai sur une bouillotte.

Elle me fit alors un signe de tête et me congédia. Je montai lentement dans un wagon de troisième classe, rempli d'un nuage de fumée répugnant comme les portes de l'enfer avec les brumes de l'Achéron[1], et j'eus tout le loisir de réfléchir sur le genre humain et sa plus grande énigme : la femme.

Sitôt que le train s'arrête, je saute de mon wagon, cours au sien où j'attends ses ordres, la tête découverte. Elle veut tantôt un café, tantôt un verre d'eau, une fois un petit souper, une autre fois un broc d'eau chaude pour se laver les mains, et ainsi de suite ; elle laisse quelques gentilshommes qui partagent son compartiment lui faire la cour. Je meurs de jalousie et je dois bondir telle l'antilope pour lui apporter ce qu'elle désire et ne pas manquer le train. La nuit tombe. Je ne peux ni manger, ni dormir, je respire un air qui empeste l'oignon avec des paysans polonais, des marchands juifs, des soldats abjects tandis qu'elle est étendue dans ses confortables fourrures, sur des

1. Dans la mythologie grecque, l'Achéron est un bras du Styx, le fleuve menant aux Enfers.

coussins, recouverte de peaux de bête, une despote orientale, entourée d'hommes assis bien droits contre la cloison, à la manière de divinités hindoues qui osent à peine respirer ; voilà ce que je vois lorsque je vais dans son compartiment.

À Vienne, où elle reste une journée pour faire des emplettes, et, avant tout pour se procurer une série de toilettes luxurieuses, elle continue à me traiter comme son domestique. Je marche derrière elle, éloigné d'une distance respectueuse de dix pas, elle me tend les paquets sans même m'honorer d'un regard amical et me laisse haleter comme une mule trop chargée.

Avant le départ, elle prend tous mes vêtements pour les offrir au loufiat de l'hôtel et m'ordonne de passer sa livrée, un costume de Cracovie à ses couleurs : bleu ciel aux parements rouges, bonnet rouge et carré surmonté d'une plume de paon – il me va plutôt bien.

Les boutons d'argent portent son blason. J'ai le sentiment d'avoir été vendu ou d'avoir promis mon âme au diable.

Ma belle diablesse me conduit de Vienne à Florence ; au lieu des Mazoviens[1] vêtus de lin et des Juifs aux cheveux gras, m'accompagnent maintenant des laboureurs bouclés, un splendide sergent du premier régiment grenadier italien et un peintre allemand misérable. La fumée de tabac ne sent plus l'oignon, mais le salami et le fromage.

Il fait de nouveau nuit. Je suis allongé sur ma

1. De la région de Mazovie, en Pologne.

banquette de bois, en proie aux pires souffrances ; bras et jambes rompus. Mon histoire est pourtant poétique, les étoiles brillent autour de moi, le sergent a le visage de l'Apollon du Belvédère[1] et le peintre entonne un magnifique chant allemand.

Lorsque les ombres se font ténèbres,
Les étoiles, une à une, s'éveillent,
Quel parfum de chaude nostalgie
Coule dans la nuit !
Sur la mer des songes,
Vogue sans repos,
Vogue mon âme,
Vers ton âme.

Et je pense à cette belle dame qui dort royalement dans ses douces fourrures.

Florence ! Foule, cris, portefaix et fiacres importuns. Wanda choisit une voiture et remercie les porteurs.

« À quoi bon avoir un domestique, dit-elle, Gregor, voici le ticket, va chercher les bagages. »

Elle s'enroule dans sa fourrure et s'installe tranquillement dans la voiture tandis que j'apporte les lourdes malles les unes après les autres. Alors que je m'effondre sous le poids de la dernière, un sympathique carabinier à l'air vif vient en renfort. Elle rit.

« Ce doit être lourd, dit-elle, il faut dire qu'elles contiennent toutes mes fourrures. »

---

1. Célèbre statue de marbre datant du IIe siècle après J.-C.

Je grimpe sur le siège et essuie les gouttes de sueur de mon front. Elle donne le nom de l'hôtel au cocher qui fouette son cheval. Quelques minutes plus tard, nous nous arrêtons devant une entrée somptueusement illuminée.

« Avez-vous des chambres ? demande-t-elle au portier.

— Oui, Madame.

— Deux pour moi, une pour mon domestique. Toutes avec poêle.

— Deux chambres élégantes pour vous, Madame, chacune avec une cheminée, répondit le garçon qui s'était rapproché, et une sans chauffage pour le domestique.

— Montre-moi les chambres. »

Elle les visite avant d'ajouter rapidement : « Bien. Je suis satisfaite, faites rapidement du feu, le domestique peut dormir dans la chambre non chauffée. »

Je la regarde.

« Monte les bagages, Gregor, ordonne-t-elle sans prêter attention à mon regard, j'en profiterai pour faire un brin de toilette et descendre dans la salle à manger. Ensuite, tu pourras dîner à ton tour. »

Alors qu'elle va dans sa chambre, je traîne les bagages jusqu'en haut, j'aide le garçon, qui tente de me soutirer des renseignements sur ma « maîtresse », à faire du feu dans la cheminée ; l'espace d'un instant, je regarde avec une envie sourde la cheminée qui crépite, le lit à baldaquin blanc et parfumé, les tapis dont est recouvert le sol. Puis, fatigué et affamé, je descends l'escalier pour chercher de quoi manger. Un brave serveur, un ancien soldat autrichien qui se donne bien du mal pour me parler en allemand, me conduit à la salle à manger et me sert. Alors que je bois ma première gorgée d'eau fraîche depuis trente-six heures et que je suis sur le point d'engloutir ma première bouchée chaude, elle entre.

Je me lève.

« Comment osez-vous me conduire dans la salle à manger où dîne mon domestique ? » peste-t-elle auprès du garçon – ivre de colère, elle tourne les talons pour ressortir.

Je remercie le ciel de pouvoir continuer à manger tranquillement. Puis je monte les quatre étages qui conduisent à ma chambre où se trouve déjà ma petite valise, où brûle une vilaine lampe à huile ; c'est une chambre étroite, sans cheminée, sans fenêtre, avec seulement un petit évent[1]. S'il n'y faisait pas froid à fendre, ça me ferait penser aux plombs de Venise[2]. Je pars malgré moi d'un rire sonore dont l'écho me fait sursauter.

Soudain, la porte s'ouvre et le garçon, d'un geste théâtral très italien, crie : « Vous devez aller voir Madame, sur-le-champ ! » J'enfile mon chapeau, trébuche dans les escaliers et arrive tout heureux devant sa porte, au premier étage – je frappe.

« Entrez ! »

J'entre, je referme la porte et reste debout.

---

1. Minuscule ouverture pour laisser passer de l'air.

2. Référence au Palais des Doges de Venise dont les combles servaient de prison jusqu'au XVIe siècle. On les appelait « Les Plombs » car leur couverture était faite de plaques de plomb. La chaleur qui y régnait était insupportable. C'est dans cette prison que fut retenu Giacomo Casanova (voir note 11, p. 57).

Wanda s'est confortablement installée, elle est assise dans un négligé de mousseline blanche et de dentelles, sur un petit divan de velours rouge, les pieds sur un tabouret de la même étoffe et elle porte son manteau de fourrure, celui qu'elle portait lorsqu'elle m'est apparue en déesse de l'amour.

La lueur jaune des candélabres posés sur le trumeau, leur reflet dans le grand miroir et les flammes rouges de l'âtre jouent magnifiquement avec le velours vert, la zibeline brun foncé du manteau ; sur la peau blanche et lisse, sur les cheveux rougeoyants de cette belle femme qui tourne vers moi son visage clair, mais froid, qui pose sur moi son regard vert.

« Je suis contente de toi, Gregor », entreprit-elle.

Je m'inclinai.

« Approche. »

J'obtempérai.

« Plus près – elle baissa le regard et caressa la zibeline. Vénus à la fourrure reçoit son esclave. Je vois que vous êtes bien plus qu'un fantasque ordinaire ; vous ne vous masquez pas derrière vos rêves, serait-ce pure folie que de les réaliser, vous êtes l'homme que vous vous plaisez à imaginer – j'admets que ça me plaît, que ça m'en impose. Il y a de la force là-dedans et il n'y a que la force que l'on respecte. Je crois même, si vous vous trouviez dans d'extraordinaires circonstances, si vous vous trouviez à une époque de grandeur, que ce qui passe pour vos faiblesses apparaîtrait comme une incroyable force. Parmi les premiers empereurs, vous auriez été un martyre, au temps de la Réforme, un anabaptiste[1], sous la Révolution française, un de ces ardents Girondins[2] qui montaient sur la guillotine *La Marseillaise* aux lèvres. Mais, pour l'heure, vous êtes mon esclave, mon… »

Elle se leva soudain, faisant choir la fourrure, et passa ses mains autour de mon cou avec une douce violence.

« Mon esclave chéri, Séverin, Oh ! comme je t'aime, comme je t'adore, que tu es beau dans cette livrée de Cracovien, mais cette nuit, tu gèleras là-haut, dans ta chambre sans cheminée, dois-je te donner ma fourrure, mon cher, la grande, là… »

Elle s'en saisit en un éclair, la jeta sur mes épaules, et, avant même que je le réalise, elle m'y avait enroulé.

« Ah ! Que la fourrure sied à ton visage, tes nobles traits n'en ressortent que mieux. Sitôt que tu ne seras plus mon esclave, tu porteras une veste de velours ornée de zibeline, comprends-tu ? Sinon, jamais plus je ne passerai la mienne… »

Puis elle se remit à me caresser, à m'embrasser et elle me tira enfin sur le petit divan de velours.

« Tu te trouves à ton avantage dans cette fourrure,

---

1. L'anabaptisme est une doctrine chrétienne, venue du courant protestant, qui soutient que l'on ne doit pas baptiser les enfants avant l'âge de raison et prône donc un baptême volontaire et conscient.

2. Membres du parti formé en 1791 avec quelques députés de la Gironde. Les Girondins et les Montagnards se sont violemment affrontés pour le contrôle de l'Assemblée et de la Révolution, les premiers prônant une certaine clémence vis-à-vis du roi Louis XVI, les autres, plus radicaux, souhaitant renverser la monarchie à tout prix et établir la République.

dit-elle, donne-la-moi, vite, vite ! Sans quoi je perd… le sentiment de ma dignité. »

Je l'enveloppai dans la fourrure et elle passa son bras droit dans la manche.

« C'est ainsi sur le tableau de Titien. Mais assez plaisanté. N'aie pas l'air toujours si triste, ça me peine ; pour l'instant, tu n'es mon domestique que pour le monde extérieur, tu n'es pas encore mon esclave, tu n'as pas encore signé le contrat, tu es encore libre, tu peux me quitter à tout moment – tu as joué ton rôle à merveille. J'étais aux anges, mais n'en as-tu pas assez, ne me trouves-tu pas abominable ? Allez, parle – je te l'ordonne.

— Dois-je te dire la vérité, Wanda ? commençai-je.

— Oui, tu le dois.

— Même si tu devais ensuite en abuser, continuai-je, je t'aime comme jamais, je te vénérerai et t'adorerai toujours plus, plus fanatiquement encore ; plus tu me maltraites, ainsi que tu viens de le faire, plus tu m'échauffes le sang, plus tu enivres mes sens. » Je la serrai contre moi et restai quelques instants suspendu à ses lèvres humides. « Femme splendide », m'écriai-je alors en la regardant. Puis j'arrachai d'enthousiasme la fourrure de zibeline de ses épaules et posai ma bouche sur sa nuque.

« Alors tu m'aimes quand je suis cruelle, dit Wanda, va-t'en ! Tu m'ennuies, entends-tu… »

Elle me donna une gifle qui me fit des éclairs dans les yeux et qui tonna dans mes oreilles.

« Aide-moi à enfiler ma fourrure, esclave. »

Je l'aidai du mieux que je pouvais.

« Quelle maladresse », s'écria-t-elle. Sitôt l'avait-elle enfilée qu'elle me frappa au visage. Je me suis senti blêmir.

« T'ai-je fait mal ? demanda-t-elle en posant délicatement la main sur moi.

— Non, non, assurai-je.

— D'ailleurs, tu n'as pas le droit de te plaindre, c'est toi qui l'as voulu ; allez, donne-moi un autre baiser. »

Je l'enlaçai, ses lèvres se joignirent aux miennes, et, à sa manière de reposer contre ma poitrine parée de sa longue et lourde fourrure, j'ai eu un sentiment étrange, angoissant, comme si un animal sauvage, une ourse m'enlaçait et il me sembla sentir ses griffes dans ma chair. Mais pour cette fois, l'ourse eut la magnanimité de me laisser aller.

Le cœur plein de riants espoirs, je montai dans ma misérable chambre de bonne et me jetai sur le lit dur.

« La vie est vraiment drôle, pensai-je, il y a un instant, la plus belle femme qui soit, Vénus en personne, reposait sur ta poitrine, et, maintenant, tu as l'occasion de te pencher sur l'enfer des Chinois : ils ne jettent pas les damnés aux flammes, comme nous, mais c'est le diable qui les pousse dans des plaines de glace. Ceux qui ont initié cette religion ont probablement dû dormir dans des chambres non chauffées. »

Cette nuit-là, je me suis réveillé brutalement en hurlant ; j'avais rêvé d'une plaine de glace où je m'étais égaré et dont je cherchais en vain à me sortir. Soudain était apparu un Esquimau sur un traîneau tiré par des rennes ; il avait le visage du garçon qui m'avait indiqué la chambre non chauffée.

« Que cherchez-vous ici, Monsieur ? cria-t-il. Nous sommes au pôle Nord. »

L'instant d'après, il avait disparu et Wanda arriva glissant sur de petits patins, sa jupe de satin blanc voletait et froufroutait, l'hermine de sa veste et de son chapeau, mais surtout son visage, brillaient plus blancs que neige ; elle fondit sur moi, me prit dans ses bras et commença à m'embrasser puis, soudain, je sentis mon sang chaud qui ruisselait le long de mon corps.

« Que fais-tu ? » demandai-je, horrifié.

Elle rit, et, alors que je la regardais, ce n'était plus Wanda, mais une grande ourse polaire qui me lacérait la chair de ses griffes.

Je criai de désespoir – j'entendais encore son rire diabolique alors que j'étais réveillé et que je me trouvais dans la chambre à mon grand étonnement.

De bonne heure, je me tenais déjà devant la porte de Wanda. Lorsque le garçon apporta le café, je le lui pris pour le servir en personne à ma belle maîtresse. Elle avait fait sa toilette, elle était magnifique, fraîche et rose – elle m'adressa un amical sourire et me rappela au moment où je voulais respectueusement m'éloigner.

« Prends, toi aussi, un rapide petit déjeuner Gregor, dit-elle, nous partons sur-le-champ à la recherche d'une nouvelle demeure ; je veux rester aussi peu que possible à l'hôtel, nous y sommes terriblement gênés et, si je passe un certain temps à bavarder avec toi, on dit aussitôt : la Russe a une relation avec son domestique – on voit bien que la race des Catherine n'est pas éteinte. »

Une demi-heure plus tard, nous sortions, Wanda dans sa robe de drap, coiffée de son chapeau russe, moi dans mon costume cracovien. Nous attirions l'attention. Je marchais à une dizaine de pas derrière elle et j'arborais un air sombre tandis que je craignais, chaque seconde, d'éclater de rire. Il n'y avait aucune rue où ne soit accrochée à l'une des belles maisons qui les bordaient une pancarte « camere ammobiliate[1] ». Wanda m'envoyait chaque fois en haut des escaliers et, lorsque je lui rapportais que la bâtisse semblait correspondre à ses vues, elle montait à son tour. Tant et si bien que, sur le coup de midi, j'étais aussi fatigué qu'un limier après une chasse à courre.

Nous ne faisions qu'entrer et sortir de nouvelles maisons sans en avoir trouvé une seule qui fût à son goût. Wanda était presque en colère. Soudain, elle me dit : « Séverin, le sérieux avec lequel tu remplis ton rôle est ravissant et la contrainte que nous nous sommes imposée pousse mon excitation à son comble ; je n'y tiens plus, tu es si adorable que je dois t'embrasser. Rentrons dans une maison.

— Mais, Madame, lui opposai-je.

— Gregor ! » Elle rentra dans le premier vestibule ouvert, monta quelques degrés d'un escalier sombre, passa alors ses bras autour de moi dans une tendresse langoureuse puis m'embrassa.

« Ah ! Séverin ! Tu as été très intelligent ; en esclave, tu es beaucoup plus dangereux que ce que je pensais, oui ! je te trouve irrésistible, je crains de ne tomber de nouveau amoureuse de toi.

---

1. Chambre meublée.

— Ne m'aimes-tu donc plus ? » demandai-je, saisi d'un effroi soudain.

Elle agita gravement la tête, m'embrassa cependant une nouvelle fois de ses délicieuses lèvres pulpeuses.

Nous sommes retournés à l'hôtel. Wanda déjeuna sur le pouce et m'ordonna à mon tour de prendre une rapide collation.

Naturellement, je ne fus pas servi aussi vite qu'elle, raison pour laquelle, au moment où je m'apprêtais à enfourner ma deuxième bouchée de beefsteak, le garçon entra et m'appela d'un geste théâtral : « Chez Madame, tout de suite. »

Mortifié, je dis rapidement adieu à mon déjeuner et me pressai, fatigué et affamé, auprès de Wanda qui se trouvait déjà dans la rue.

« Je ne t'avais pas tenue pour quelqu'un d'aussi cruel, Maîtresse, lui dis-je d'une voix lourde de reproches. Dire que vous ne me laissez même pas manger mon repas en vitesse après toute cette fatigue. »

Wanda rit de tout son cœur.

« Je pensais que tu avais fini, dit-elle, mais c'est mieux ainsi. L'être humain est né pour souffrir et toi tout particulièrement. Les martyres non plus n'avaient pas de beefsteak à avaler. »

Je la suivis en maugréant, tenaillé par la faim.

« J'ai abandonné l'idée d'établir mes quartiers en ville, continua Wanda, on trouve difficilement un étage entier dans lequel on soit tranquille et libre de faire ce que l'on veut. Dans le cas d'une relation aussi étrange et capricieuse que la nôtre, il faut que tout s'accorde. Je vais louer une villa – et, attends un peu, tu vas être surpris ; je te donne dorénavant la permission de manger à ta faim et de musarder un peu à Florence. Je ne rentrerai pas avant ce soir. Si j'avais besoin de toi, je te ferais appeler. »

J'ai vu le Duomo, le Palazzo Vecchio, la Loggia dei Lanzi[1] avant de rester longtemps sur les rives de l'Arno. Je ne cessais de laisser mon regard parcourir la magnifique et antique Florence dont les dômes et les tours se découpaient doucement sur le ciel bleu et sans nuages, parcourir les ponts somptueux sous les grandes arches desquels s'engouffraient les beaux flots jaunes, les vagues pleines de vie du fleuve, parcourir les vertes collines qui cerclaient la ville, plantées de cyprès élancés, chevauchées d'édifices immenses, de palaces ou de cloîtres.

Nous sommes dans un autre monde, un monde serein, voluptueux et riant. Le paysage n'a rien du sérieux et de la mélancolie du nôtre. Jusqu'aux dernières villas blanches dispersées sur les montagnes vert clair, nul lieu qui ne soit baigné dans la lumière vive du soleil ; les gens sont moins sérieux que nous et sont moins enclins à la réflexion – ils ont tous l'air heureux.

On affirme aussi que mourir est plus doux dans le Sud.

Je pressens maintenant l'existence d'une beauté sans épines et d'une sensualité sans tourments.

Wanda a déniché sur l'une des charmantes collines bordant la rive gauche de l'Arno, face aux Cascines[2], une ravissante petite villa qu'elle a louée pour l'hiver.

---

1. Bâtiments incontournables de Florence.
2. Le plus grand parc public de la ville.

Elle est ceinte d'un joli jardin traversé par d'adorables allées verdoyantes, avec des pelouses et un superbe parterre de camélias. Elle n'a qu'un seul étage, elle est construite d'après un carré, dans le style italien ; sur l'un des murs court une galerie ouverte, une sorte de loggia avec des répliques en plâtre de statues antiques d'où descend un escalier de pierres vers le jardin. Depuis la galerie, on accède à une salle de bains avec un magnifique bassin de marbre ainsi qu'à un escalier en colimaçon qui conduit à la chambre à coucher de la maîtresse.

Wanda occupe seule l'étage.

Quant à moi, on m'a assigné une chambre au rez-de-chaussée, une très belle chambre qui est même dotée d'une cheminée.

J'ai parcouru le jardin et j'ai déniché sur un monticule rond un petit temple dont je trouvai la porte fermée ; en regardant au travers d'une fente je vois la déesse de l'amour sur un piédestal blanc. Je suis parcouru d'un léger frisson. Il me semble qu'elle me sourit : « Es-tu là ? Je t'attendais. »

C'est le soir. Une jolie petite soubrette me transmet l'ordre d'apparaître chez ma maîtresse. Je gravis les larges escaliers de marbre, je traverse l'antichambre, un grand salon meublé avec un faste ostentatoire puis frappe à la porte de la chambre. Je frappe tout doucement ; l'étalage de luxe que je vois partout me fait peur – si bien qu'elle ne m'entend pas et que je reste quelque temps devant la porte. C'est comme si je me tenais devant la chambre à coucher de la Grande Catherine et qu'elle pouvait surgir à tout moment dans sa fourrure verte, le ruban rouge de son ordre sur son sein nu avec ses bouclettes blanches et poudrées.

Je frappe encore une fois. Wanda m'ouvre avec impatience.

« Pourquoi si tard ? demande-t-elle.

— Je me tenais derrière la porte, tu ne m'as pas entendu frapper », me défendis-je timidement. Elle referme la porte, s'accroche à moi et me conduit vers l'ottomane damassée de rouge sur laquelle elle reposait. Tout le mobilier de la pièce, les tapis, les rideaux, les tentures, le lit à baldaquin, tout est tapissé de rouge et il y a au plafond une sublime peinture de Samson et Dalila.

Wanda me reçoit dans un déshabillé troublant ; la robe de satin blanc tombe légèrement et majestueusement le long de son corps élancé tandis que ses bras et sa gorge sont enroulés tendrement et négligemment dans une grande fourrure sombre de zibeline ornée de velours vert. Ses cheveux roux à moitié retenus par des bandeaux de perles noires coulent en cascade sur son dos et ses hanches.

« Vénus à la fourrure », dis-je dans un chuchotement tandis qu'elle me tire contre sa gorge et menace de m'étouffer sous ses baisers. Puis je ne prononce plus un mot, je ne pense à rien ; tout sombre dans un océan de félicité insoupçonnée.

Wanda finit par se détacher tendrement et m'observa, accoudée sur un bras. J'étais tombé à ses pieds, elle me tira contre elle et joua avec mes cheveux.

« M'aimes-tu encore ? demanda-t-elle, les yeux brouillés de douce passion.

— Quelle question ! m'écriai-je.

— Te souviens-tu encore de ton serment, continua-t-elle en affichant un charmant sourire, alors, maintenant que tout est en place, que tout est prêt, je te le demande de nouveau : es-tu vraiment résolu à devenir mon esclave ?

— Ne le suis-je pas déjà ? fis-je avec étonnement.

— Tu n'as pas encore signé les contrats.

— Contrats – quels contrats ?

— Ah ! Je vois ; tu n'y penses plus, dit-elle, soit, laissons tomber.

— Mais Wanda, lui opposai-je, tu sais bien que je ne connais pas de plus grand bonheur que celui de te servir, d'être ton esclave, et, qu'au nom de mes sentiments, je donnerais tout pour me savoir soumis à ton autorité – jusqu'à ma vie !

— Que tu es gentil, chuchota-t-elle, lorsque tu parles avec tant d'enthousiasme, tant de passion. Ah ! Je suis plus que jamais amoureuse de toi ; et il me faut être à ton égard impérieuse, sévère et cruelle, je crains de ne pas pouvoir.

— Je n'ai pas la moindre inquiétude, répondis-je en souriant, alors, où sont ces contrats ?

— Ici. » Un peu confuse, elle les sortit de son corsage et me les tendit. « Afin que tu aies le sentiment de t'abandonner totalement entre mes mains, j'ai rédigé un second contrat dans lequel tu reconnais être prêt à te donner la mort. Je peux même te tuer, si tel est mon bon vouloir.

— Donne. »

Tandis que je dépliais les contrats et que je commençais à les lire, Wanda alla chercher de l'encre et une plume, puis elle s'assit à mes côtés, enlaça mon cou et parcourut les papiers par-dessus mon épaule.

Voici le premier :

« Contrat entre Madame Wanda von Dunajew et Monsieur Séverin von Kusiemski »

« À compter de cette date, Monsieur Séverin von Kusiemski cesse d'être le fiancé de Madame Wanda Von Dunajew et renonce à tous ses droits d'amant ; il s'engage par sa parole d'honneur et de gentilhomme à être l'esclave de la susnommée, et ce jusqu'à ce qu'elle lui rende la liberté.

« En qualité d'esclave de Madame Wanda von Dunajew, il portera le nom de Gregor, devra absolument combler tous ses désirs, obéir à chacun de ses ordres ; il accompagnera sa maîtresse avec soumission et considérera toute manifestation de sa bonté comme une extraordinaire grâce.

« Madame von Dunajew dispose non seulement du droit de châtier son esclave pour les plus petites fautes ou négligences selon son gré, mais également du droit de le maltraiter selon son humeur ou pour se distraire, tant qu'il lui plaît ; elle a même le droit de le tuer si bon lui semble – en résumé, il devient son entière propriété.

« Si Madame von Dunajew venait un jour à rendre la liberté à son esclave, Monsieur Séverin von Kusiemski devrait alors oublier tout ce qu'il a vécu ou enduré durant son esclavage, et, jamais, sous aucun prétexte et d'une quelconque manière, il ne devra penser à se venger ni à exercer des représailles.

« En contrepartie, Madame von Dunajew, en ses qualités de maîtresse, promet d'apparaître aussi souvent que possible vêtue de fourrures, particulièrement lorsqu'elle voudra se montrer cruelle envers son esclave. »

Sous le document, il y avait la date du jour. Le second ne contenait que quelques mots.

« Lassé depuis des années de l'existence et de ses artifices, j'ai mis volontairement fin à mes misérables jours. »

Après en avoir fini, je fus saisi d'effroi ; il était encore temps, je pouvais encore renoncer, mais la folie de la passion, la vue de cette belle femme appuyée nonchalamment contre moi eurent raison de mes atermoiements.

« Tu dois d'abord recopier celui-ci, Séverin, dit Wanda en désignant le second document, il doit être entièrement de ta main. Naturellement, ce n'est pas nécessaire concernant le contrat. »

J'ai rapidement recopié les quelques lignes où je me désignais comme suicidaire et les ai tendues à Wanda. Elle parcourut le document et le posa sur la table en souriant.

« Alors, auras-tu le courage de signer ceci ? » demanda-t-elle, inclinant la tête avec un joli sourire.

J'ai pris la plume.

« Laisse-moi le faire en premier, dit Wanda, tes mains tremblent ; ta chance t'effraie-t-elle à ce point ? »

Elle prit le contrat et la plume – luttant contre moi-même, j'ai levé les yeux ; c'est alors seulement que je remarquai, comme c'est le cas pour bien des peintures des écoles italienne et flamande, que les personnages de la fresque du plafond étaient anachroniques, ce qui lui conférait un aspect étrange, inquiétant. Dalila, une femme plantureuse aux cheveux roux de feu, est étendue sur une ottomane rouge, à moitié nue dans un sombre manteau de fourrure. Elle se penche vers Samson, ligoté et mis à terre par les Philistins. Son sourire à la coquetterie vipérine dévoile en fait une cruauté infernale ; son regard embrase ses paupières mi-closes et rencontre celui de Samson, suspendu à ses yeux jusqu'à son dernier clignement. L'un de ses ennemis s'agenouille sur sa poitrine, prêt à le marquer au fer rouge.

« Alors, s'écria Wanda, tu es complètement perdu ! Tout restera pourtant comme par le passé, malgré ta signature – ne sais-tu donc toujours pas qui je suis, mon cœur ? »

Je survolai le contrat. Elle y avait inscrit son nom, d'une large écriture volontaire. Je me plongeai une fois encore dans son regard ensorcelant avant de prendre la plume et de signer frénétiquement à mon tour.

« Tu as tremblé, remarqua-t-elle, dois-je guider ta main ? »

Ce disant, elle la prit tendrement ; voici mon nom sur le second document. Wanda survola de nouveau les contrats et les enferma dans le secrétaire près de l'ottomane.

« Maintenant, donne-moi ton passeport et ton argent. »

J'ai sorti mon portefeuille et le lui ai tendu ; elle regarda à l'intérieur, hocha la tête et le joignis au reste tandis qu'à genoux devant elle, dans une douce ivresse, je posais ma tête sur sa poitrine.

Subitement, elle me repoussa du pied, se leva et fit tinter la clochette au son de laquelle entrèrent trois sveltes et jeunes Négresses, vêtues entièrement de satin rouge et dont on avait l'impression qu'elles avaient été taillées dans du bois d'ébène ; chacune tenait une férule.

D'un coup, je réalise dans quelle situation je me trouve et veux me redresser ; mais Wanda, de toute sa hauteur, tournant vers moi son beau visage froid aux sourcils ténébreux et aux yeux moqueurs, en vraie maîtresse, fait un signe de la main, et, avant même que je comprenne ce qu'il m'arrive, les négresses m'ont jeté contre le sol, m'ont pieds et poings liés, m'ont attaché les bras dans le dos à la manière d'un condamné à mort, de sorte que je ne peux plus bouger.

« Donne-moi le fouet, Haydée », commanda Wanda avec un calme angoissant.

La Négresse le lui tendit en s'inclinant.

« Et débarrasse-moi de cette lourde fourrure, continua-t-elle, elle me gêne. »

La Négresse obéit.

« La veste, là ! » ordonna Wanda.

Haydée apporta rapidement la kazabaïka fourrée d'hermine qui se trouvait sur le lit et Wanda s'y glissa en deux mouvements d'une grâce inimitable.

« Attachez-le à cette colonne. »

Les Négresses me redressèrent, me passèrent une grosse corde autour du corps et me ficelèrent debout à l'une des massives colonnes qui supportaient le baldaquin du large lit italien.

Puis elles ont subitement disparu comme si la terre les avait englouties.

Wanda fond sur moi, sa robe de satin blanc forme derrière elle une longue traîne d'argent, comme la lumière de la lune, sa chevelure rousse embrase la fourrure blanche de la veste : la voici maintenant devant moi, la main gauche sur la hanche, le fouet dans la droite – et elle a un bref éclat de rire.

« C'en est maintenant fini de notre jeu, part-elle d'une voix froide et inflexible, dorénavant, c'est sérieux, pauvre fou ! Je ris de toi et je te méprise de t'être donné dans ton aveuglement forcené, de t'être fait le jouet d'une femme orgueilleuse et capricieuse. Tu n'es plus mon amant, mais mon esclave, offert en sacrifice à mon impérieuse volonté. Tu vas apprendre à me connaître ! Tu vas d'abord tâter de mon fouet pour de bon sans avoir quoi que ce soit à te reprocher ; ainsi, tu comprendras ce qui t'attend si tu te montres maladroit, récalcitrant ou insolent. »

Là-dessus, elle retroussa sa manche de fourrure avec une grâce sauvage et me cingla le dos.

Je sursautai, le fouet me lacéra la chair comme un couteau.

« Alors, ça te plaît ? » cria-t-elle.

Je ne répondis pas.

« Attends un peu, bientôt tu gémiras comme un chien sous les coups », menaça-t-elle en me fouettant de nouveau.

Les coups pleuvaient vite et dru, dans un déferlement de violence, sur mon dos, mes bras, ma nuque ; je serrai les dents pour ne pas hurler. Elle me cinglait maintenant le visage, du sang chaud coulait sur mon corps tandis qu'elle riait et fouettait encore.

« Enfin, je te comprends, cria-t-elle entre deux coups, c'est un réel plaisir que de posséder ainsi un homme sous son emprise, et, mieux encore, un homme qui m'aime – m'aimes-tu encore ? Non ? Je vais te déchiqueter maintenant, chaque coup accroît ma jouissance ; tords-toi, hurle, gémis ! Chez moi, tu ne trouveras aucune pitié. »

Enfin, elle a l'air à bout de forces.

Elle jette le fouet, s'étend sur l'ottomane et sonne.

Les Négresses entrent.

« Détachez-le. »

Une fois mes liens défaits, je m'écroule sur le sol comme un bout de bois mort. Les femmes noires rient en révélant leurs dents blanches.

« Enlevez les cordes de ses pieds. »

C'est chose faite. Je peux me lever.

« Viens me voir, Gregor. »

Je m'approche de la belle femme qui jamais encore ne m'a paru si séduisante qu'aujourd'hui, dans toute sa cruauté et toute sa malice.

« Encore un pas, ordonne Wanda, mets-toi à genoux et baise-moi le pied. »

Elle le sort de sous son ourlet de satin, et moi, fou suprasensuel, j'y dépose les lèvres.

« Maintenant, Gregor, tu ne me verras plus pendant un mois, dit-elle gravement, afin que je te devienne étrangère, que tu trouves plus facilement ta place vis-à-vis de moi ; pendant ce temps, tu travailleras au jardin et attendras mes ordres. Et maintenant : en avant, marche ! Esclave ! »

Un mois s'est écoulé, un mois à la régularité monotone, un mois de dur labeur, un mois de mélancolique nostalgie ; cette nostalgie de la femme aimée qui me fait tant souffrir. Je suis sous les ordres du jardinier ; je l'aide à élaguer les arbres et les haies, à repiquer les fleurs, à bêcher les plates-bandes, à ratisser les allées de graviers, je partage sa mauvaise pitance et sa dure litière, me lève dès potron-minet et me couche avec les poules – j'entends, par intermittence, ma maîtresse s'amuser ; elle est entourée de prétendants, et, un jour, j'entends même son rire malicieux depuis le jardin.

Je me trouve décidément bien nigaud. Le suis-je devenu à cause de cette vie que je mène ou l'étais-je déjà auparavant ? Le mois sera fini après-demain – que va-t-elle faire de moi ? M'a-t-elle oublié et suis-je condamné à écimer des haies et à faire des bouquets jusqu'à la fin de mes jours ?

Un ordre écrit.

« L'esclave Gregor est affecté à mon service personnel par cette missive.

Wanda Dunajew »

Le lendemain, le cœur battant, j'écarte les tentures damassées et rentre dans la chambre à coucher de ma maîtresse ; elle est baignée encore d'une pénombre feutrée.

« Est-ce toi, Gregor ? » demande-t-elle alors que je m'agenouille devant la cheminée pour faire du feu. J'ai frémi au son de sa voix aimée même si je ne pouvais la voir ; elle restait couchée, cachée par les tentures du lit à baldaquin.

« Oui, Madame, répondis-je.

— Quelle heure est-il ?

— Neuf heures passées.

— Le petit déjeuner. »

Je me pressai d'aller le chercher puis m'agenouillai devant son lit pour lui présenter le plateau-repas.

« Votre petit déjeuner, Maîtresse. »

Wanda tire les rideaux, et, étrangement, alors que

je la vois au milieu de ses coussins blancs avec sa cascade de cheveux défaits, elle me semble complètement inconnue au premier coup d'œil ; une belle femme, certes, mais ce ne sont plus ses traits aimés, son visage est dur et affiche une expression inquiétante de fatigue et de dégoût.

À moins que je n'aie rien remarqué de tout cela auparavant.

Elle pose sur moi son regard vert où se lit la curiosité davantage que la menace ou la compassion, puis remonte sur ses épaules la grande fourrure sombre dans laquelle elle a dormi.

À cet instant, elle est si attirante, si bouleversante que le sang me monte à la tête, que mon cœur bat la chamade et que le plateau que j'ai en main commence à vaciller. Elle le remarque et saisit le fouet qui se trouve sur sa table de nuit.

« Tu es maladroit, esclave », gronde-t-elle.

Je baisse la tête et tiens le plateau avec toute la fermeté dont je suis capable ; elle prend son petit déjeuner, bâille, étire ses membres magnifiques dans la somptueuse fourrure.

Elle a sonné. J'entre.

« Cette lettre pour le prince Corsini. »

Je cours en ville, remets la lettre au prince, un beau jeune homme aux yeux noirs pétillants. Rongé par la jalousie, je lui rapporte la réponse.

« Qu'as-tu ? questionne-t-elle avec un œil mauvais, tu es complètement blême.

— Rien, Maîtresse. J'ai juste couru un peu vite. »

Le prince est à ses côtés pour le déjeuner et je suis

condamné à les servir tandis qu'ils badinent et que je ne suis rien pour eux. Un voile noir se pose sur mes yeux alors que je suis en train de lui servir du bordeaux ; j'en renverse sur la table et sur sa robe.

« Quelle maladresse ! » s'écrie Wanda en me giflant – ils rient tous deux ; mon visage devient écarlate.

Après le déjeuner, elle se rend dans les Cascines. Elle conduit elle-même la petite calèche tirée par deux jolis chevaux anglais ; je suis assis derrière elle et remarque avec quelle coquetterie elle répond en souriant aux saluts que lui adressent ces messieurs distingués.

Alors que je l'aide à descendre de la calèche, elle s'appuie doucement sur mon bras ; ce contact me fait l'effet d'une décharge électrique. Ah ! Cette femme est tout de même merveilleuse et je l'aime tant et plus.

Une petite assemblée de dames et de messieurs se trouve réunie pour le souper de dix-huit heures. Je fais le service, et, cette fois, je ne renverse pas de vin sur la nappe.

Une gifle vaut plus que dix leçons ; on apprend bien plus vite, d'autant plus lorsque c'est une petite main de femme qui vous sermonne.

Après souper, elle se rend à la pergola ; sa manière de descendre les escaliers dans sa robe de velours noir au large col d'hermine, les cheveux surmontés d'un diadème de roses blanches, la rend tout à fait éblouissante. J'ouvre la portière et l'aide à monter en calèche. Arrivé devant le théâtre, je saute du siège, elle s'aide de mon bras pour descendre – il tremble sous ce doux fardeau. Je lui ouvre la porte de la loge et l'attends ensuite dans le couloir. La représentation dure quatre heures au cours desquelles elle reçoit la visite de ses prétendants ; je serre les mâchoires de rage.

Il est largement plus de minuit lorsque ma maîtresse me sonne pour la dernière fois.

« Du feu ! » ordonne-t-elle sèchement, puis, lorsqu'il brûle dans la cheminée : « Du thé ! »

Alors que je reviens avec le samovar, elle s'est déshabillée et enfile son négligé blanc avec l'aide de la Négresse.

Haydé s'éloigne.

« Donne-moi ma fourrure pour dormir », dit Wanda qui étire ses beaux membres engourdis de fatigue. Je la prends sur le fauteuil et la lui tiens tandis qu'elle enfile négligemment les bras dans les manches.

« Ôte mes chaussures puis enfile mes pantoufles de velours. »

Je m'agenouille et tire sur la petite chaussure qui me résiste. « Vite ! Vite ! crie Wanda, tu me fais mal ! Attends un peu – je vais te dresser. » Elle me cingle du fouet et j'y arrive enfin !

« Et maintenant, disparais ! » Encore un coup de pied – puis je suis autorisé à aller dormir.

Aujourd'hui, je l'ai accompagnée à une soirée. Dans le vestibule, elle m'a ordonné de la débarrasser de sa fourrure, puis elle a fait son entrée dans la salle étincelant de mille feux, arborant un sourire fier, certaine de son triomphe ; pendant des heures et des heures, j'ai eu tout le loisir de sombrer dans de noires et moroses pensées ; parfois, lorsque la porte s'ouvrait, la musique me parvenait. Des laquais s'essayèrent à discuter avec moi, mais le peu de mots que je connaissais en italien les firent renoncer.

Je m'endors enfin et rêve que je tue Wanda dans un violent accès de jalousie ; me voici condamné à mort, attaché sur l'échafaud, la hache tombe, j'en sens la lame sur mon cou, mais je suis toujours vivant.

Le bourreau me frappe alors au visage…

Non ! Il ne s'agit pas du bourreau, mais de Wanda ; debout devant moi, elle est furieuse et exige sa fourrure. En un tour de main, je suis à elle et l'aide à s'habiller.

Quel plaisir que d'enfiler une fourrure à une belle femme plantureuse, de voir, de sentir sa nuque, ses membres gracieux se blottir dans le doux et exquis pelage, d'arranger ses boucles ondoyantes sur le col ; quel plaisir, lorsqu'elle la quitte, de sentir la douce chaleur et le léger parfum de son corps qui restent dans les poils dorés de la zibeline – c'est à en perdre la tête !

Enfin une journée sans convives, sans théâtre, sans société. Je respire. Wanda est assise dans la galerie où elle lit ; elle semble n'avoir aucune mission à me confier. Lorsque point le crépuscule accompagné de son brouillard argenté, elle rentre. Je fais le service pour le souper, elle mange seule, mais ne me gratifie d'aucun regard ni du moindre mot – ni même d'une seule gifle.

Ah ! Comme j'aimerais qu'elle me batte !

J'en ai les larmes aux yeux ; je réalise qu'elle m'a abaissé plus bas que terre, si bas qu'elle ne se donne même plus la peine de me torturer ni de me maltraiter.

Avant d'aller se coucher, elle me sonne.

« Cette nuit, tu dormiras avec moi, j'ai fait la nuit dernière de terribles cauchemars et j'ai peur d'être seule. Prends un coussin sur l'ottomane et allonge-toi sur la peau d'ours à mes pieds. »

Puis Wanda éteint les lumières, de sorte qu'il ne reste plus qu'un petit plafonnier pour éclairer la pièce – elle se glisse dans le lit. « Ne bouge pas, tu pourrais me réveiller. »

Je fais ce qu'elle me dit, mais je ne puis m'endormir tout de suite ; je regarde cette belle femme, belle comme une déesse endormie dans sa fourrure sombre, sur le dos, les bras sous la nuque, inondée de sa chevelure rousse ; j'entends sa gorge splendide se soulever au rythme de sa respiration profonde, et, dès qu'elle bouge, je me réveille, prêt à la servir.

Mais elle n'eut pas besoin de moi.

Je n'avais plus de tâches à accomplir ; je n'avais à ses yeux pas plus d'utilité que la veilleuse ou le revolver qu'on pose à côté de son lit.

Suis-je fou ? À moins que ce ne soit elle ? Tout cela est-il né d'une imagination de femme féconde et espiègle dans le but de dépasser mes fantasmes suprasensuels ? À moins que cette femme ne soit vraiment une de ces natures à la Néron qui tire une jouissance diabolique à écraser de son talon, comme des vermisseaux, les hommes qui pensent, qui ressentent et agissent ?

Qu'ai-je donc vécu !

Alors que j'étais agenouillé devant son lit avec le plateau-repas, Wanda posa soudain sa main sur mon épaule et plongea intensément ses yeux dans les miens.

« Que tes yeux sont beaux, dit-elle doucement, ils le sont d'autant plus depuis que tu souffres. Es-tu vraiment malheureux ? »

Je courbai l'échine sans répondre.

« Séverin, m'aimes-tu encore ? s'emporta-t-elle brusquement et passionnément, peux-tu encore m'aimer ? » Et elle me tira contre elle avec une telle violence que j'en renversai le plateau, tasses et cafetières tombèrent sur le sol et le café se répandit sur le tapis.

« Wanda, ma Wanda ! » m'écriai-je en la serrant énergiquement contre moi et en couvrant de baisers sa bouche, son visage et sa gorge. « C'est là toute ma misère ; je t'aime d'autant plus, avec d'autant plus de folie que tu me maltraites, que tu me trompes ! Oh ! Je mourrai de douleur, d'amour et de jalousie.

— Mais je ne t'ai encore jamais trompé, Séverin, répondit-elle en souriant.

— Non ? Wanda ! Pour l'amour du ciel ! Ne te ris pas de moi si impitoyablement, m'écriai-je. N'ai-je pas en personne porté ta lettre au prince…

— Si fait. Une invitation à déjeuner.

— Depuis notre arrivée à Florence, tu es…

— … restée parfaitement fidèle, continua Wanda, je te le jure sur tout ce que j'ai de plus précieux. Je n'ai fait tout ça que pour satisfaire ton imagination, juste pour toi. Pourtant, je vais prendre un amant ; sinon les choses ne seront faites qu'à moitié et tu me reprocheras de n'avoir pas été assez cruelle envers toi. Mon cher esclave ! Mon bel esclave ! Aujourd'hui cependant, tu dois de nouveau être Séverin, tu dois être mon amant. Je ne me suis pas débarrassée de tes vêtements, les voici dans ce coffre ; habille-toi comme dans la petite ville thermale des Carpates, alors que nous nous aimions tant, oublie tout ce qui s'est passé depuis, Oh ! Tu l'oublieras bien vite dans mes bras, d'un baiser, je ferai disparaître tous tes tourments. »

Elle entreprit de me câliner, de m'embrasser, de me cajôler comme un enfant. Puis, d'un sourire gracieux : « Va t'habiller maintenant. Je veux moi aussi m'apprêter ; dois-je mettre ma veste de fourrure ? Oui, oui, je sais bien, va maintenant. »

À mon retour, elle se tenait au centre de la pièce, vêtue de sa veste de satin blanc, de sa kazabaïka rouge ornée d'hermine, les cheveux poudrés de blanc, un petit diadème de diamant sur le front. Un instant, elle me fit songer avec inquiétude à Catherine II, mais ne me laissa nullement le loisir de plonger davantage dans mes souvenirs ; elle me tira à elle sur l'ottomane où nous avons passé deux heures exquises – elle n'était plus la maîtresse sévère et capricieuse, mais la femme raffinée, la tendre amante. Elle me montra des photographies, des livres qui venaient de paraître et m'en parlait avec tant d'esprit, de clairvoyance et de goût qu'à maintes reprises, transporté de ravissement, je posai mes lèvres sur ses mains. Elle me fit lire à haute voix quelques poèmes de Lermontov[1], et, alors que j'étais tout à fait enflammé,

---

1. Mikhaïl Lermontov (1814-1841) est un poète et romancier russe, souvent appelé « le poète du Caucase ».

elle posa amicalement sa petite main sur la mienne et demanda, ses traits fins et son regard trahissant un plaisir gracieux : « Es-tu heureux ?

— Pas encore. »

Elle s'étendit alors sur le coussin et défit lentement sa kazabaïka.

Je la refermai vivement sur sa poitrine à demi nue.

« Tu me rends fou, balbutiai-je.

— Alors viens. »

Déjà j'étais dans ses bras, déjà elle m'embrassait avec sa langue de serpent ; et elle murmura de nouveau : « Es-tu heureux ?

— Infiniment », me suis-je écrié.

Elle partit d'un rire mauvais et strident qui me fit froid dans le dos.

« Autrefois, tu rêvais d'être l'esclave, le jouet d'une belle femme, et, maintenant, tu te vois comme un homme, un homme libre, mon amant. Es-tu fou ! Un geste de ma part et tu redeviens esclave – à genoux ! »

Je glissai de l'ottomane à ses pieds, mon regard plein de doute encore suspendu au sien.

« Tu n'en crois pas tes oreilles, dit-elle en me toisant, les bras croisés sur la poitrine, je m'ennuie et tu es juste assez bon pour me faire passer le temps quelques heures. Ne me regarde pas ainsi… »

Elle me gratifia d'un coup de pied.

« Tu es ce que je veux : un être humain, une chose, une bête… » Elle sonna. Les Négresses entrèrent.

« Liez-lui les mains dans le dos. »

Je restai à genoux et laissai faire. Puis elles m'ont conduit en bas du jardin, jusqu'au petit vignoble qui en bordait l'extrémité sud. Entre les pieds de vigne, on avait planté du maïs ; çà et là se dressaient encore quelques épis fanés. Sur le côté, il y avait une charrue.

Les Négresses m'attachèrent à un piquet et se mirent à me piquer de leurs épingles à cheveux dorées. Ça ne dura pas longtemps puisque Wanda arriva, coiffée de son chapeau d'hermine, les mains dans les poches de sa veste ; elle me fit libérer, lier les poignets dans le dos. Elle fit ajuster un joug sur ma nuque et me fit enfin atteler à la charrue.

Ses noires diablesses m'ont poussé dans le champ, l'une conduisait la charrue, l'autre me guidait avec la corde et la troisième me fouettait pour me faire avancer – quant à la Vénus à la fourrure, elle restait en retrait et contemplait la scène.

Le lendemain, alors que je sers le souper, Wanda me dit : « Rajoute un couvert. Je veux que tu manges avec moi aujourd'hui », et, lorsque je m'apprête à prendre place en face d'elle : « Non, à côté de moi, tout à côté de moi. »

Elle est d'excellente humeur, me donne la soupe de sa cuillère, me nourrit avec sa fourchette, pose ensuite la tête sur la table à la manière d'un chaton folâtre et fait la coquette avec moi. Par malheur, je lève les yeux un peu plus longtemps que nécessaire sur Haydée qui fait le service à ma place ; c'est alors que je remarque que les traits de son visage ont quelque chose de noble, presque européen, que son buste est magnifique, qu'il s'agit là d'un buste de statue comme ciselé dans du marbre noir. La belle diablesse remarque qu'elle me plaît et sourit de toutes ses dents – à peine a-t-elle quitté la pièce que Wanda, ivre de colère, se lève d'un bond.

« Comment ? Tu oses regarder une autre femme sous mes yeux ! Elle te plaît donc plus que moi, elle est plus diabolique encore ! »

J'ai peur ; jamais encore je ne l'ai vue ainsi, soudain, elle devient blême jusqu'aux lèvres et tremble de tout son corps – Vénus à la fourrure est jalouse de son esclave ! Elle décroche le fouet du clou et me cingle le visage avant d'appeler les domestiques noires qui me ligotent et me descendent à la cave où elles me jettent dans un véritable cachot, sombre, humide et voûté.

La porte se referme, on tire un verrou, une clé cliquette dans la serrure. Je suis prisonnier, enterré.

J'ignore depuis quand je suis étendu sur ce tas de paille humide, ligoté comme un veau qu'on va mener à l'abattoir, sans lumière, sans vivres, sans rien à boire, sans dormir – elle est capable de me laisser mourir de faim, si je ne meurs pas de froid avant. Le froid me fait grelotter. À moins que ce ne soit la fièvre. Il me semble que je commence à haïr cette femme.

Une bande rouge sang s'étire sur le sol, c'est la lumière qui passe sous la porte – voici qu'on l'ouvre.

Wanda apparaît sur le perron. Emmitouflée dans sa zibeline elle éclaire mon cachot d'une torche.

« Es-tu encore vivant ? demande-t-elle.

— Viens-tu pour me tuer ? » dis-je d'une voix faible et enrouée.

En deux pas précipités, Wanda est à mes côtés ;

elle s'accroupit auprès de ma couche et prend ma tête dans son giron : « Es-tu malade ? Comme tes yeux brillent ! M'aimes-tu ? Je veux que tu m'aimes. »

Elle tire un petit poignard ; je suis terrorisé par la lame qui étincelle sous mes yeux – je crois réellement qu'elle va me tuer. Mais elle se met à rire et tranche mes liens.

Elle me fait venir tous les soirs après le souper pour que je lui fasse la lecture puis elle discute avec moi de toutes sortes de questions et de sujets passionnants. Elle a l'air complètement métamorphosé, comme si elle avait honte de la sauvagerie dont elle a fait preuve à mon égard, de la brutalité avec laquelle elle m'a traité. Une touchante douceur illumine tout son être, et, lorsqu'elle me tend la main en guise d'au revoir, il y a dans ses yeux cette violence surnaturelle du bien et de l'amour, cette violence d'où proviennent nos larmes et qui nous fait oublier toutes les souffrances de l'existence, tous les effrois de la mort.

Je lui fais la lecture de *Manon Lescaut*. Elle comprend l'allusion, même si elle ne dit rien, mais sourit de temps en temps avant de fermer le petit livre.

« Ne voulez-vous pas que nous continuions, Madame ?

— Pas aujourd'hui. Aujourd'hui, nous allons nous-mêmes jouer à Manon Lescaut. J'ai un rendez-vous galant dans les Cascines auquel vous allez m'accompagner, cher chevalier ; je sais bien que vous le ferez, n'est-ce pas ?

— C'est vous qui donnez les ordres.

— Ce n'est pas un ordre, mais une requête, dit-elle avec un irrésistible charme avant de se lever, de poser la main sur mes épaules et de me regarder. Ces yeux ! s'écrie-t-elle, je t'aime tellement, Séverin, tu ignores combien je t'aime.

— Oui, dis-je avec amertume, tellement que vous donnez rendez-vous à un autre.

— Je ne le fais que pour t'exciter, répond-elle vivement, il me faut avoir des prétendants afin de ne pas te perdre, je ne veux jamais te perdre, jamais, entends-tu ? Je n'aime que toi, toi seul. »

Elle m'embrasse passionnément.

« Oh ! si seulement je pouvais te donner toute mon âme dans ce baiser, ce que j'aimerais… comme ça… mais viens maintenant. »

Elle enfila un simple paletot de velours noir et se coiffa d'un baschlik[1] sombre. Puis elle parcourut prestement la galerie pour monter dans la calèche.

« Gregor me conduira », crie-t-elle au cocher qui se retira, étonné.

Je montai sur le siège et fouettai les chevaux de rage.

Dans les Cascines, là où l'allée principale devient un épais couloir de verdure, Wanda descend. Il fait nuit, seules quelques étoiles brillent à travers les nuages gris qui encombrent le ciel. Au bord de l'Arno, un homme vêtu d'un épais manteau noir et d'un chapeau de brigand se tient debout, le regard

1. Capuchon de toile que l'on met sur la tête, dont les deux pans sont si longs qu'ils peuvent s'enrouler autour du cou, comme une écharpe.

perdu dans les vagues jaunes. Coupant tout droit à travers les buissons, Wanda lui tapa sur les épaules. J'ai encore en mémoire la manière dont il s'est retourné vers elle, dont il lui a pris la main – puis ils ont disparu derrière le mur de verdure.

Une heure de torture. Enfin, un bruissement de feuilles ; ils sont de retour.

L'homme l'accompagne à la calèche. La lumière forte et crue de la lanterne dévoile un visage infiniment jeune, doux et mélancolique que je n'ai jamais vu, un visage encadré par de longues boucles blondes.

Elle lui tend une main qu'il baise respectueusement, puis elle me fait signe et la voiture s'envole en un clin d'œil le long du couloir de verdure qui borde le fleuve à la manière d'une tapisserie verte.

On sonne à la porte du jardin. Un visage connu. L'homme des Cascines.

« Qui dois-je annoncer ? » dis-je en français. L'homme hoche la tête, l'air navré.

« Peut-être comprenez-vous l'allemand ? ose-t-il timidement.

— Bien sûr ! Je vous demande votre nom.

— Malheureusement, je n'en ai pas encore, répond-il, gêné, dites simplement à votre maîtresse que le peintre allemand des Cascines est là et qu'il la prie… la voici qui arrive. »

Wanda avait fait son apparition sur le balcon et elle adressa un signe à l'étranger.

« Gregor, conduis ce monsieur chez moi », cria-t-elle.

J'indiquai les escaliers au peintre.

« Je vous remercie, je trouverai bien. Merci, merci beaucoup », fit-il en se précipitant dans l'escalier. Je restai en bas et regardai le pauvre Allemand avec une profonde compassion.

La Vénus à la fourrure a capturé son âme dans les boucles rousses de ses cheveux. Il la peindra et en deviendra fou.

Un jour d'hiver ensoleillé ; sur les feuilles des arbres et sur la prairie, tout est paré d'or. Au pied du balcon, les boutons des camélias resplendissent comme de splendides bijoux. Assise dans la loggia, Wanda dessine tandis que le peintre allemand est posté en face d'elle ; les mains jointes comme s'il priait, il la regarde, non, il regarde son visage, il sombre dans son regard, l'air absent.

Pourtant, elle ne le voit pas, elle ne me voit pas non plus alors que, la bêche à la main, je retourne les plates-bandes dans le seul but de l'observer, de sentir sa présence qui agit sur moi à la manière de la poésie ou de la musique.

Le peintre est parti. C'est une démarche hasardeuse dans laquelle je me lance. Je vais sur la galerie, tout près de Wanda et lui demande : « Aimes-tu ce peintre, Maîtresse ? »

Elle me regarde sans se fâcher le moins du monde, hoche la tête et se met même à sourire.

« J'ai de la compassion pour lui, répond-elle, mais je ne l'aime pas. Je n'aime personne. Toi, je t'ai aimé : aussi tendrement, aussi passionnément, aussi profondément que je pouvais aimer, mais maintenant, toi non plus je ne t'aime plus ; mon cœur est vide, mort, et ça me fait souffrir.

— Wanda ! criai-je sous l'émotion.

— Bientôt, tu ne m'aimeras plus à ton tour, continua-t-elle, dis-le-moi, et, quand ce sera le cas, je te rendrai la liberté.

— Alors je resterai ton esclave à tout jamais parce que je t'adore et que je t'adorerai toujours », criai-je, transporté par le fanatisme de cet amour qui se montrait une fois de plus si funeste.

Wanda me considéra avec un étrange plaisir : « Songe que je t'ai aimé infiniment et que je me suis montrée despotique à ton égard pour satisfaire tes fantasmes ; à présent, un vestige de ce doux sentiment vibre encore dans mon cœur, mais, lorsqu'il se sera tout à fait éteint, qui sait si je te rendrai la liberté ou si je ne deviendrai pas vraiment cruelle, impitoyable, brutale envers toi ? Peut-être que ça me comblera d'une joie diabolique de tourmenter, de torturer l'homme qui m'adore comme une déesse, de le voir mourir d'amour pour moi, sans lui prêter la moindre attention tout en étant éprise d'un autre. Songes-y !

— J'y ai pensé depuis longtemps, répondis-je, brûlant de fièvre. Je ne peux exister ni vivre sans toi ; affranchis-moi et je mourrai, souffre que je sois ton esclave, mais ne me chasse pas.

— Alors, sois mon esclave, répondit-elle, mais n'oublie pas que je ne t'aime plus et que l'amour que tu me portes n'a pas plus de valeur à mes yeux que la fidélité d'un chien – les chiens, on les frappe. »

Aujourd'hui, j'ai rendu visite à la Vénus de Médicis[1].

Il était encore tôt, la petite salle octogonale de la Tribuna[2] était baignée dans la pénombre, à la manière d'un sanctuaire ; debout, les mains jointes, je demeurai dans une profonde méditation devant la statue muette.

Mais je ne suis pas resté longtemps ainsi.

Comme il n'y avait encore personne dans la galerie, pas même un Anglais, je suis tombé à genoux et j'ai regardé ce corps élancé et gracieux, sa poitrine bourgeonnante, son visage virginal et voluptueux aux yeux mi-clos, ses boucles parfumées qui, de chaque côté de la tête, semblaient dissimuler de petites cornes.

La sonnette de ma maîtresse.

Il est midi ; elle se prélasse dans son lit, les bras croisés sous la nuque.

« Je vais prendre mon bain, dit-elle, tu vas me servir. Ferme la porte. »

J'obéis.

« Descends pour t'assurer que tout soit bien fermé en bas. »

J'ai descendu l'escalier en colimaçon qui menait de sa chambre à coucher à la salle de bains ; j'ai perdu l'équilibre et j'ai dû m'aider de la rampe en

1. Célèbre sculpture grecque, en marbre, représentant la déesse Aphrodite. On peut la voir dans la Galerie des Offices, à Florence.

2. La Tribune des Offices, une des pièces qui servaient pour l'exposition des œuvres d'art de la collection Médicis, avant que la Galerie entière ne devienne un musée.

fer. Après m'être assuré que les portes qui conduisaient à la loggia et au jardin étaient verrouillées, je suis remonté. Wanda était maintenant assise sur le lit, les cheveux défaits, dans sa veste de velours vert ornée de fourrure. À l'occasion d'un mouvement vif de sa part, j'ai pu constater qu'elle était nue sous sa fourrure et j'en fus effrayé – je ne sais pourquoi, mais j'étais aussi terrifié qu'un condamné à mort que l'on mène à l'échafaud et qui se met à trembler à sa vue.

« Viens, Gregor, prends-moi dans tes bras.

— Pardon, Maîtresse ?

— Tu dois me porter. Comprends-tu ? »

Je l'ai soulevée de telle sorte qu'elle fût assise sur mes bras tandis qu'elle avait passé les siens autour de mon cou, et, alors que je descendais prudemment les escaliers, marche après marche, que ses cheveux frôlaient parfois mes joues, que ses pieds frappaient mes genoux par intermittence, je tremblais sous ce sublime fardeau – je pensais à chaque instant que j'allais m'écrouler sous elle.

La salle de bains était une large et haute rotonde illuminée par la douce lumière que laissait passer une coupole de verre rouge. Deux palmiers étiraient leurs larges feuilles comme un toit de verdure au-dessus du lit de repos assorti de coussins de velours rouge ; depuis le lit, on accédait au bassin de marbre au centre de la pièce par quelques marches recouvertes de tapis turcs.

« À l'étage, il y a sur ma table de nuit un livre vert, dit Wanda tandis que je la déposais sur le lit, apporte-moi cet ouvrage, apporte-moi le fouet également. »

J'ai couru dans les escaliers et remis à ma maîtresse ce qu'elle me demandait en m'agenouillant à ses pieds ; elle me fit remonter son épaisse chevelure électrique dont je fis un gros chignon avec un ruban de velours vert. Je me mis ensuite à préparer son bain et je fis preuve de la plus grande maladresse tant je ne contrôlais plus mes pieds ni mes mains. Sitôt que je posais le regard, non par volonté, mais mû par quelque force magnétique, sur la belle femme étendue sur les coussins de velours rouge et dont le corps gracieux apparaissait et disparaissait dans la fourrure sombre, je ressentais à quel point un être à demi nu pouvait susciter volupté et désir – je l'ai ressenti plus ardemment encore lorsque enfin le bassin fut rempli et que Wanda se débarrassa de sa fourrure d'un seul geste ; elle se tenait devant moi telle la déesse de la Tribuna.

Elle m'est apparue d'emblée si divine dans les grâces de sa nudité, si chaste, que je suis tombé à genoux comme jadis devant la déesse et que j'ai posé mes lèvres sur ses pieds avec recueillement.

Mon âme, agitée précédemment par des flots tumultueux, s'est apaisée soudainement et Wanda n'avait plus rien de cruel à mon égard.

Elle descendit lentement les marches et je pouvais la contempler avec une joie silencieuse, vierge du moindre soupçon de souffrance ou de désir, tandis qu'elle jouait dans l'eau cristalline et que les vagues qu'elle formait dansaient amoureusement autour d'elle.

Notre esthétique nihiliste a donc raison : une vraie pomme est plus belle qu'une pomme peinte, une femme de chair et d'os est plus belle qu'une Vénus de pierre.

Lorsqu'elle sortit du bain et que ruisselaient sur elle des gouttes argentées illuminées de lumière rosée, j'ai été saisi d'une extase silencieuse. Je l'ai enroulée d'une serviette de lin pour sécher son corps majestueux. Cette félicité silencieuse m'a repris lorsqu'elle posa sur moi l'un de ses pieds, comme sur un tabouret, étendue sur les coussins dans son grand manteau de velours, la zibeline élastique enveloppant avidement son corps de marbre froid. Elle avait l'air d'un cygne endormi, appuyée sur son bras gauche égaré dans la sombre fourrure de la manche tandis que de sa main droite elle jouait négligemment avec le fouet.

Mon regard est tombé fortuitement sur le miroir massif du mur qui nous faisait face et je laissai échapper un cri ; je nous voyais en effet dans son cadre doré comme dans une image – celle-là était si incroyablement belle, étrange et fantastique que je fus envahi d'une profonde tristesse à l'idée que ses lignes et ses couleurs fussent amenées à se dissiper comme une nappe de brouillard.

« Qu'as-tu ? » demanda Wanda.

Je désignai le miroir.

« C'est assurément de toute beauté, s'écria-t-elle, dommage qu'on ne puisse saisir cet instant.

— Et pourquoi pas ? rétorquai-je. N'importe quel peintre, même le plus connu, ne serait-il pas fier si tu lui proposais de l'immortaliser de ses pinceaux ? La pensée que cette beauté extraordinaire, continuai-je en la regardant avec ardeur, les traits magnifiques de ce visage, ces étranges yeux à la lueur verte, cette chevelure démoniaque, la somptuosité de ce corps doivent être perdus pour le monde, cette pensée m'est épouvantable ; elle m'oppresse de toute l'horreur de la mort et de l'anéantissement. Mais la main de l'artiste doit t'en arracher ; tu ne dois pas, comme nous autres, t'évanouir à tout jamais sans laisser de traces de ton existence ; ton image doit te subsister alors que depuis longtemps tu ne seras que poussière ; ta beauté doit triompher de la mort. »

Wanda sourit.

« Dommage que l'Italie contemporaine ne compte ni Titien ni Raphaël, dit-elle, mais peut-être l'amour peut-il remplacer le génie, qui sait ? Et notre petit Allemand ? »

Elle réfléchit.

« Oui, il doit nous peindre et je veillerai à ce que l'amour mélange les couleurs. »

Le jeune peintre a installé son atelier dans la villa ; Wanda l'a bel et bien pris dans sa toile. Il a commencé une madone, une madone aux cheveux rouges et aux yeux verts. Faire de cette femme racée une image de la vierge, seul l'idéalisme d'un Allemand peut y parvenir. Décidément, ce pauvre garçon est un âne, plus encore que moi. Notre malchance provient du fait que notre Titania[1] ait découvert très vite nos grandes oreilles.

La voici qui se moque de nous, et combien ! J'entends dans son studio son rire arrogant et mélodieux – je me tiens sous sa fenêtre et l'épie jalousement.

---

1. Titania est la reine des fées dans *Le Songe d'une nuit d'été* de Shakespeare. Touchée par un sort à la demande de son mari, elle tombe endormie. L'enchantement veut qu'elle tombe amoureuse du premier venu à son réveil. Il s'agira de Nick Bottom, un homme très laid à la tête d'âne.

« Ce que vous êtes cocasse ! Ah ! On peine à le croire ; moi, la mère de Dieu ! s'esclaffe-t-elle, attendez, je vais vous montrer une autre peinture de moi, une peinture que j'ai réalisée en personne ; vous devrez la copier. »

Sa tête embrasée par la lumière du soleil apparaît à la fenêtre.

« Gregor ! »

Je monte les escaliers quatre à quatre, traverse la galerie pour débouler dans l'atelier.

« Mène-le à la salle de bains », ordonne-t-elle avant de disparaître.

Quelques instants plus tard apparaît Wanda, vêtue seulement de sa zibeline, le fouet en main ; elle s'allonge comme l'autre jour sur les coussins de velours tandis que je suis étendu sur le sol et qu'elle pose son pied sur moi en jouant avec le fouet de sa main droite.

« Regarde-moi, ordonne-t-elle, de ton regard profond et fanatique… comme ça… oui, c'est bien. »

Le peintre était devenu terriblement blême ; il embrasse la scène de ses beaux yeux bleus exaltés, il ouvre la bouche, mais ne produit pas un son.

« Alors ? Ce tableau vous plaît-il ?

— Oui, c'est ainsi que je veux vous peindre », dit l'Allemand sans parler vraiment ; c'est davantage un soupir, le gémissement d'une âme malade, malade à mort.

Le crayonné au fusain est fini ; les têtes et les chairs sont en place, son visage diabolique apparaît déjà dans quelques traits hardis – dans son regard vert brille la vie.

Wanda est debout devant la toile, les bras croisés sur la poitrine.

« À l'instar de nombreux tableaux de l'école de Venise, cette peinture devra être à la fois un portrait et une histoire, explique le peintre, livide de nouveau.

— Et comment comptez-vous l'intituler ? demande-t-elle. Mais qu'avez-vous ? Êtes-vous malade ?

— Je le crains, répond-il avec un regard languissant sur la belle femme en fourrure, mais parlons plutôt du tableau.

— Oui, parlons du tableau.

— J'imagine la déesse de l'amour descendue de l'Olympe pour aller vers un homme mortel ; transie de froid dans notre monde moderne, elle essaye de réchauffer son corps sublime au moyen d'une grande et lourde fourrure, elle essaye de réchauffer ses pieds en les posant dans le giron de son bien-aimé. J'imagine le favori d'une belle despote qui fouette son esclave lorsqu'elle est lasse de l'embrasser et qui est d'autant plus aimée de celui-là qu'elle lui assène des coups de pied – cette peinture aura pour nom "La Vénus à la fourrure". »

Le peintre travaille lentement. Sa passion en grandit d'autant plus intensément. Je crains qu'il ne finisse par mettre fin à ses jours. Elle s'amuse avec lui et lui pose des énigmes qu'il ne peut résoudre ; il sent couler son sang tandis qu'elle continue de lui parler.

Pendant les séances de pose, elle mâchonne des bonbons, elle fait des boulettes avec les papiers d'emballage et les lui jette.

« Je suis fort aise que vous soyez d'aussi bonne humeur, Madame, dit le peintre, mais votre visage a totalement perdu cette expression dont j'ai besoin pour ma peinture.

— Cette expression dont vous avez besoin pour votre peinture, répond-elle, patientez un instant. »

Elle se relève et me cingle d'un coup de fouet. Le peintre la regarde fixement ; son visage exprime un étonnement naïf, un mélange de crainte et d'admiration.

Tandis que Wanda me fouette, son visage laisse apparaître peu à peu ces traits cruels et arrogants qui m'attirent de manière si inquiétante.

« Est-ce bien de cette expression dont vous avez besoin pour votre peinture ? » crie-t-elle. Troublé, le peintre baisse la tête, incapable de soutenir son regard glacial.

« C'est bien ça, dit-il, mais je ne peux plus peindre.

— Pardon ? fit Wanda d'un ton sarcastique. Peut-être puis-je vous aider ?

— Oui, hurle l'Allemand comme pris de folie, fouettez-moi également.

— Oh ! Avec plaisir, répond-elle, en haussant les épaules, mais si je dois fouetter, je fouette vraiment.

— Fouettez-moi à mort, crie le peintre.

— Dois-je également vous ligoter ? demande-t-elle en souriant.

— Oui », gémit-il.

Wanda quitte la pièce un instant avant de revenir avec des cordes.

« Alors, avez-vous encore le courage de vous abandonner aux mains de la Vénus à la fourrure, aux grâces et aux disgrâces de la belle despote ? commence-t-elle avec ironie.

— Attachez-moi », répond le peintre d'une voix sourde.

Wanda lui lie les mains dans le dos, passe une corde autour de ses bras, la seconde autour de son corps et l'attache ainsi à la croisée avant d'enlever sa fourrure, de saisir le fouet et de commencer à cingler.

La scène avait à mes yeux un attrait affreux que je ne saurais décrire ; je sentis battre mon cœur lorsqu'elle leva le fouet pour lui infliger le premier coup, qu'il fendit l'air et que la douleur le fit légèrement tressaillir. Puis, alors que sa bouche entrouverte laissait apercevoir des dents brillantes entre ses lèvres rouges, elle le fouetta pour de bon, sans plus s'arrêter jusqu'à ce qu'il semblât implorer sa grâce d'un touchant regard bleu – c'était indescriptible.

Elle pose seule à présent. Il travaille à son visage.

Elle m'a posté dans la chambre adjacente derrière le lourd rideau de la porte d'où je peux tout voir sans être vu.

Qu'a-t-elle en tête ?

Le craint-elle ? L'a-t-elle rendu suffisamment fou, à moins que ce ne soit une nouvelle torture pour moi ? J'ai les genoux qui tremblent.

Ils devisent ensemble. Sa voix est si étouffée que je ne peux rien comprendre et elle répond de la même façon. Que signifie cela ? Sont-ils de mèche ? Je souffre terriblement, mon cœur menace d'éclater.

Le voici à genoux devant elle, il l'enlace et presse

sa tête sur sa gorge, et, elle, la cruelle, elle rit – je l'entends maintenant crier :

« Ah ! Il vous faut de nouveau être fouetté.

— Femme ! Déesse ! N'as-tu donc pas de cœur ? Ne peux-tu aimer ? crie l'allemand. As-tu la moindre idée de ce qu'aimer signifie ? Être consumé par le désir et la passion ? As-tu la moindre idée des tourments que j'endure ? N'as-tu donc aucune miséricorde à mon égard ?

— Non ! ironise-t-elle fièrement. Mais j'ai un fouet. »

Elle le brandit brusquement de la poche de sa fourrure et assène un coup du manche dans le visage du peintre. Il se relève et recule de quelques pas.

« Êtes-vous de nouveau en état de peindre ? » demande-t-elle avec indifférence.

Il ne lui répond pas, mais retourne à son chevalet et reprend pinceaux et palette.

Le tableau est merveilleusement réussi. Il s'agit d'un portrait qui tend à la ressemblance tout en même temps qu'il accède à un idéal tant les couleurs en sont ardentes, surnaturelles, démoniaques pour ainsi dire. Le peintre a insufflé dans son œuvre toutes ses tortures, toute son adoration et sa malédiction.

Il me peint à présent, nous passons tous les jours une heure ensemble. Aujourd'hui, il se tourne soudain vers moi et me dit d'une voix vibrante : « Vous aimez cette femme ?

— Oui.

— Je l'aime aussi. » Les larmes inondent ses yeux. Il se tait un moment et se remet à peindre. « Chez nous, en Allemagne, il est une montagne où elle demeure, murmure-t-il en lui-même avant d'ajouter : C'est une diablesse. »

La peinture est finie. Elle voulait payer le peintre dans de grandes largesses, comme seules le font les reines.

« Oh ! Vous m'avez déjà payé », dit-il en refusant d'un sourire douloureux.

Avant de partir, il a discrètement ouvert son carton et m'a laissé regarder à l'intérieur – je sursautai d'effroi. Sa tête avait l'air aussi vivante que s'il s'agissait d'un miroir.

« Celui-ci, je le garde, dit-il, il m'appartient, elle ne peut me le prendre, je l'ai assez chèrement gagné. »

« Je suis vraiment navrée pour ce pauvre peintre, m'a-t-elle dit aujourd'hui, n'est-ce pas ridicule d'être aussi vertueuse que moi, non ? »

Je n'ai osé lui répondre.

« J'ai oublié que je m'adressais à un esclave ; je dois sortir, je veux me distraire, je veux oublier. Vite, ma voiture ! »

Une nouvelle toilette fantastique ; des bottines russes en velours mauve garnies d'hermine, une robe de la même étoffe, relevée et retroussée par de fines bandes et des cocardes de la même fourrure, un court paletot assorti à l'ensemble, bien ajusté, bordé et fourré d'hermine, une haute coiffe d'hermine à la manière de Catherine II avec une petite aigrette maintenue par une agrafe en brillants, ses cheveux roux relâchés sur le dos. C'est ainsi qu'elle prend place sur le siège et qu'elle conduit en personne ; je m'assieds derrière elle. Quelle manière de fouetter les chevaux ! L'attelage file à vive allure.

De toute évidence, aujourd'hui elle veut attirer l'attention ; ça fonctionne à merveille. Elle est la lionne des Cascines. On la salue des voitures ; sur les chemins piétonniers se forment des groupes qui parlent d'elle. Néanmoins, elle ne témoigne de l'attention à personne, se contentant parfois de répondre d'un signe de tête au salut d'un cavalier plus âgé.

Un jeune homme surgit sur un cheval noir sauvage et élancé ; en voyant Wanda, il calme sa monture et la met au pas – il est déjà tout proche – il s'arrête et la laisse passer ; à son tour, elle lui fait des œillades – la lionne jauge le lion. Leurs regards se croisent, et, lorsqu'elle passe devant lui, elle ne peut se soustraire au pouvoir magique de ses yeux et tourne la tête dans sa direction.

Mon cœur cesse de battre le temps de ce regard dont elle l'étreint, à mi-chemin de la surprise et du ravissement. Il faut dire qu'il le mérite.

Par Dieu, quel bel homme ! Non, c'est plus que ça ; c'est un homme comme jamais encore je n'en ai vu en chair et en os. Au Belvédère, il est ciselé dans le marbre, avec cette musculature dure comme fer, mais d'une grande sveltesse, le même visage, les mêmes boucles ondoyantes, et, ce qui le rend si particulier : l'absence de barbe. S'il avait les hanches un peu moins fines, on pourrait le prendre pour une femme travestie. Quant à cette expression étrange autour de sa bouche : ces babines de lion qui laissent entrevoir ses dents et confèrent momentanément à ce charmant visage un je ne sais quoi de cruel – Apollon écorchant Marsyas[1].

Il porte de grandes bottes noires, un pantalon moulant de cuir blanc, un court dolman[2] tel qu'en portent les officiers de cavalerie italiens, en drap noir, garni d'astrakan, orné de riches brandebourgs[3], et, sur ses boucles noires, un fez[4] rouge.

Je comprends maintenant l'éros masculin et j'admire un Socrate[5] qui resterait vertueux face à de tels Alcibiade[6].

Je n'ai jamais vu ma lionne dans un tel état d'excitation. Ses joues étaient cramoisies lorsqu'elle sauta de voiture devant la villa, qu'elle en gravit les escaliers à la hâte et qu'elle m'intima de la suivre d'un geste impérieux.

En faisant précipitamment les cent pas dans sa

---

1. Dans la mythologie grecque, Marsyas se voit attribuer l'invention de la musique. Il défie alors Apollon, maître de la lyre. Apollon est donné vainqueur lors du concours et, pour punir Marsyas de sa démesure et de son audace, il le fait écorcher et jette sa dépouille dans une grotte.

2. Veste portée autrefois par certains corps de cavalerie et d'artillerie.

3. Ornement de broderie ou de galon qui va d'un bouton à un autre.

4. Couvre-chef adopté par de nombreux groupes ethniques et religieux dans l'Empire ottoman du XIXe siècle.

5. Socrate (470 av. J.-C.-399 av. J.-C.) est un philosophe grec, considéré comme l'un des penseurs des plus illustres de l'histoire de la philosophie. Il est réputé également pour son attirance envers les jeunes éphèbes, notamment envers Alcibiade (note ci-dessous).

6. Alcibiade (450 av. J.-C.-404 av. J.-C.) est un homme d'État, un orateur et un général athénien.

chambre, elle commença à parler frénétiquement. J’en ai été effrayé :

« Tu vas aller trouver qui était cet homme dans les Cascines, aujourd’hui encore, sur-le-champ… Oh ! Quel homme ! L’as-tu vu ? Qu’en dis-tu ? Parle !

— L’homme est beau, répondis-je sourdement.

— Il est si beau…, elle s’interrompit et s’appuya sur le dossier d’un fauteuil, … qu’il m’en a coupé le souffle.

— Je comprends l’impression qu’il t’a faite, répondis-je, tandis que mon imagination m’emportait derechef dans un tourbillon sauvage. J’étais moi-même hors de moi, et je peux penser…

— Tu peux penser, s’esclaffa-t-elle, que cet homme est mon amant, qu’il te fouette et que tu en éprouves du plaisir. Va, maintenant, va. »

Avant que ne tombât la nuit, je m’étais renseigné sur l’inconnu.

Wanda n’avait pas encore quitté sa toilette lorsque je revins, elle était allongée sur l’ottomane, le visage dans les mains, les cheveux en bataille comme la crinière d’une lionne.

« Comment s’appelle-t-il ? questionna-t-elle d’un calme inquiétant.

— Alexis Papadopolis.

— C’est donc un Grec. »

J’acquiesçai.

« Est-il très jeune ?

— À peine plus âgé que toi. On dit qu’il aurait fait ses études à Paris et qu’il est athée. Il a combattu les Turcs à Candie où il se serait distingué autant par son courage que par sa haine du sultan et sa cruauté.

— Tout l'un dans l'autre, un homme, s'enthousiasma-t-elle, les yeux pétillants.

— Il vit actuellement à Florence, continuai-je, il serait immensément riche…

— Je ne t'ai rien demandé sur sa richesse, me coupa-t-elle brusquement. N'as-tu pas peur de lui ? J'ai peur de lui. A-t-il une femme ?

— Non.

— Une amante ?

— Non plus.

— Quel théâtre fréquente-t-il ?

— Ce soir, il est au théâtre Nicolini où joue la géniale Virginia Marini et Salvini[1], le plus grand artiste italien de nos jours, peut-être même de toute l'Europe.

— Fais-en sorte de me trouver une loge ! Vite, vite ! ordonna-t-elle.

— Mais, Maîtresse…

— Veux-tu tâter du fouet ? »

« Tu peux m'attendre au parterre », dit-elle lorsque j'eus posé sa jumelle ainsi que le programme sur la balustrade de la loge et que j'eus confortablement installé le tabouret.

Je reste debout et dois m'appuyer au mur pour ne pas m'écrouler de jalousie et de colère – non, il ne s'agit pas de colère, mais d'une angoisse mortelle.

Je la vois dans sa robe de moire bleue, avec son grand manteau d'hermine sur ses épaules nues – il se trouve dans la loge en face de la sienne. Je vois

1. Virginia Marini (1842-1918) et Tommaso Salvini (1829-1915) sont deux fameux comédiens italiens du XIXe siècle.

comme ils se dévorent des yeux ; la scène, Goldoni, Pamela[1], Salvini, Marini, le public, le monde même n'existent plus – et moi, que suis-je à cet instant ?

Aujourd'hui, elle va au bal de l'ambassadeur de Grèce. Sait-elle qu'elle va l'y rencontrer ?

En tout cas, elle s'est habillée en conséquence. Une lourde robe de soie vert glauque épouse ses formes divines et dévoile son buste et ses bras ; dans ses cheveux attachés en un gros chignon flamboyant fleurit un nymphéa blanc agrémenté de roseaux verts qui retombent sur sa nuque en petites tresses. Plus la moindre trace d'excitation, de la fièvre tremblante qui avait envahi son être ; elle est si calme, si calme que mon sang se fige et que mon cœur se glace sous son regard. Lentement, avec une majesté indolente, elle gravit les marches de marbre, se défait de son précieux manteau et rentre nonchalamment dans la salle remplie du brouillard argenté de la combustion de centaines de bougies.

Hagard, je la suis des yeux quelques instants puis je ramasse sa fourrure qui m'avait glissé des mains sans que je le réalise. Elle est encore chaude d'avoir enveloppé ses épaules.

J'y dépose un baiser et les larmes me montent aux yeux.

Le voici.

Dans sa redingote de velours noir luxueusement

1. Carolo Goldoni (1707-1793) est un auteur dramatique italien, créateur de la comédie italienne moderne. Parmi ses œuvres on peut citer *La Pamela*, jouée ici.

fourrée de zibeline sombre, c'est un bel et arrogant despote qui joue avec les êtres humains et leurs âmes. Debout dans l'antichambre il regarde fièrement autour de lui et dépose ses yeux sur moi pendant une inquiétante durée.

Son regard glacial me remplit de nouveau de cette terrible et mortelle angoisse ainsi que du pressentiment que cet homme peut l'enchaîner, la captiver et la soumettre – je suis également saisi de honte, d'envie et de jalousie en face de cette sauvage virilité.

C'est à juste titre que je crois être un esprit faible et confus ! Le pire est que je voulais le haïr, mais que je n'y parviens pas. Et comment se fait-il qu'il m'ait reconnu, moi, justement moi parmi cette nuée de domestiques ?

Il me fait signe d'approcher d'un mouvement de tête à la majesté inimitable, et, moi – moi, je suis son ordre contre mon gré.

« Prends ma fourrure », ordonne-t-il calmement.

Tout mon corps tremble d'indignation, mais j'obéis – soumis comme un esclave.

J'attends toute la nuit dans l'antichambre, comme si la fièvre me faisait délirer. D'étranges images flottent devant mes yeux, je vois leur rencontre – le premier long regard – je la vois planer dans ses bras à travers la salle, ivre, les paupières mi-closes, appuyée contre sa poitrine – je le vois dans le sanctuaire de l'amour, non pas en esclave, mais en seigneur, étendu sur l'ottomane, et, elle, à ses pieds. Je me vois en train de le servir à genoux, le plateau à thé tremblant entre mes mains tandis qu'il saisit le fouet. Les domestiques parlent de lui maintenant.

C'est un homme qui se conduit en femme ; il sait qu'il est beau et se comporte en conséquence – il change quatre à cinq fois de toilette par jour, coquet comme une courtisane.

À Paris, il faisait d'abord ses apparitions habillé en femme et les hommes l'assaillaient de lettres galantes. Un chanteur italien aussi célèbre pour son art que pour sa passion s'introduisit dans son appartement et menaça de se tuer, à genoux devant lui, s'il n'était pas exaucé.

« Je suis navré, répondit-il en souriant, c'est avec plaisir que je vous aurais accordé mes faveurs, mais il ne me reste plus qu'à signer votre arrêt de mort, car je suis… un homme. »

La salle s'est vidée de manière significative – mais Wanda ne songe manifestement pas à s'en aller.

Le jour pointe déjà à travers les jalousies.

Enfin, on entend le froufrou de sa lourde robe qui forme des vagues vertes derrière elle ; elle avance en pleine discussion avec lui.

Je n'existe plus à ses yeux, elle ne se donne même pas la peine de me donner un ordre.

« Le manteau de Madame », commande-t-il.

Bien entendu, il ne pense pas le moins du monde à la servir.

Tandis que je l'aide à passer sa fourrure, il se tient les bras croisés à ses côtés. Quant à elle, alors qu'à genoux j'enfile ses bottes de fourrure, elle pose légèrement sa main sur son épaule et lui demande : « Comment était-ce avec la lionne ?

— Lorsque le lion qu'elle a choisi, avec lequel elle vit, est attaqué par un autre lion, explique le Grec, la lionne s'allonge tranquillement et observe le combat ; si son mâle est vaincu, elle ne l'aide pas – elle le regarde avec indifférence mourir dans son sang sous les crocs de son rival et suit le vainqueur, le plus fort. C'est dans la nature des femmes. »

À cet instant, ma lionne m'a jeté un rapide et étrange coup d'œil.

Je frémis sans bien savoir pourquoi et la lumière rouge de l'aube nous plongea tous les trois dans le sang.

Elle n'alla pas au lit, se contenta d'enlever sa toilette de bal, de défaire sa coiffure – puis elle m'ordonna de faire du feu, s'assit près de la cheminée, le regard perdu dans les braises.

« As-tu encore besoin de moi, Maîtresse ? » demandai-je la voix faiblissant sur les derniers mots.

Wanda secoua la tête.

J'ai quitté la chambre, traversé la galerie et me suis assis en bas des marches qui conduisaient au jardin. Soufflant de l'Arno, un léger vent du nord apportait un froid frais et humide, au loin, les vertes collines se dressaient dans un brouillard rose, des vapeurs dorées flottaient sur la ville et la coupole ronde de la cathédrale.

Quelques étoiles étaient encore piquées sur le ciel bleu pâle.

J'arrachai ma veste et posai mon front brûlant contre le marbre. Tout ce qui s'était passé jusqu'à présent me paraissait être un jeu puéril : mais c'était sérieux, incroyablement sérieux.

Je sentais arriver une catastrophe, je la voyais sous mes yeux, je pouvais la palper de mes mains, mais le courage d'aller à sa rencontre me manquait, j'étais à bout de force. Pour être honnête, je n'étais nullement effrayé par les douleurs, les tourments qui m'attendaient, ni par les mauvais traitements que, peut-être, on m'infligerait.

Je ne ressentais qu'une seule crainte, la crainte de perdre celle que j'aimais si fanatiquement et cette angoisse était si violente, si déchirante que j'éclatai en sanglots comme un enfant.

Toute la journée elle est restée enfermée dans sa chambre et elle s'est fait servir par la Négresse. Lorsque l'étoile du soir se mit à étinceler dans l'éther bleu, je la vis aller à travers le jardin, et, comme je la suivais de loin en catimini, je la vis entrer dans le temple de Vénus. Je me suis faufilé derrière elle pour regarder à travers la fente de la porte.

Elle se tenait debout devant la somptueuse statue de la déesse, les mains jointes comme en prière ; la lumière sainte de l'étoile de l'amour l'inondait de ses rayons bleus.

Cette nuit-là, alors que j'étais allongé sur ma couche, je fus envahi de la peur de la perdre ; un doute si violent qu'il fit de moi un héros, un libertin. J'ai allumé la petite lampe à huile rouge accrochée dans le couloir sous une image pieuse et je suis entré dans sa chambre, masquant la mèche d'une main.

La lionne était enfin matée, pourchassée jusqu'à l'épuisement, endormie sur ses coussins ; elle gisait sur le dos, les poings fermés et respirait profondément. Elle semblait faire un mauvais rêve. Lentement, j'ai retiré ma main de manière à laisser tomber sur son visage magnifique la lumière rouge.

Mais elle ne se réveilla pas.

J'ai posé la lampe sur le sol avec précaution, sombré devant le lit de Wanda et posé ma tête sur son tendre bras chaud.

Elle bougea un peu, mais ne se réveilla pas. Combien de temps suis-je resté ainsi, au milieu de la nuit, figé par de terribles tourments, je l'ignore.

J'ai enfin été parcouru d'un fort tremblement qui m'a permis de pleurer – mes larmes coulaient sur son bras. Elle tressaillit plusieurs fois, se redressa, se frotta les yeux et me dévisagea.

« Séverin ! » s'écria-t-elle, plus effrayée qu'en colère.

Je ne savais que répondre.

« Séverin, continua-t-elle doucement, qu'as-tu ? Es-tu malade ? »

Sa voix était si pleine de compassion, si bonne, si affectueuse qu'elle m'atteignit en pleine poitrine comme du fer chauffé à blanc et que je me mis à sangloter haut et fort.

« Séverin ! repartit-elle en caressant doucement mes cheveux, pauvre et malheureux ami. Je suis désolé, vraiment désolé pour toi ; mais je ne peux t'aider. Avec la meilleure volonté du monde, je n'ai aucun remède à te prodiguer.

— Oh ! Wanda… Faut-il que ce soit ainsi ? soupirai-je en proie à mes douleurs.

— Quoi Séverin ? De quoi parles-tu ?

— Ne m'aimes-tu vraiment plus, continuai-je, n'as-tu pas un peu de compassion envers moi ? Ce bel homme étranger t'a-t-il déjà complètement ravie ?

— Je ne peux mentir, répondit-elle doucement après une petite pause, il m'a fait une impression que je ne peux cerner, qui me fait souffrir et trembler à mon tour, une impression comme je l'ai déjà lue chez les poètes, déjà vue sur les planches, que je pensais n'être que le fruit de mon imagination. Oh ! C'est un homme qui tient du lion ; fort, beau et fier, mais tendre pourtant, pas brutal comme les hommes du Nord. Je suis désolée pour toi, crois-moi, Séverin ; mais je dois le posséder – que dis-je ? Je dois me donner à lui s'il l'accepte.

— Pense à ton honneur, Wanda, cet honneur que tu as préservé de toute souillure jusqu'à maintenant. Même si je ne représente plus rien pour toi.

— J'y pense, répondit-elle, je veux être forte, aussi longtemps que possible, je veux… » De honte, elle cacha son visage dans les oreillers. « Je veux être sa femme, s'il le désire…

— Wanda ! m'écriai-je, de nouveau envahi par cette mortelle angoisse qui me coupait chaque fois le souffle et me faisait perdre la tête. Tu veux être sa femme, tu veux lui appartenir pour toujours, oh ! Ne me rejette pas ! Il ne t'aime pas…

— Qui t'a dit cela ? protesta-t-elle, enflammée.

— Il ne t'aime pas, continuai-je passionnément ; mais moi je t'aime, moi je t'adore, je suis ton esclave, je veux que tu me battes, je veux te porter toute ta vie dans mes bras.

— Qui te dit qu'il ne m'aime pas ? m'interrompit-elle avec fougue.

— Oh ! Sois mienne, implorai-je, sois mienne ! Je ne suis plus rien, je ne peux vivre sans toi. Fais preuve de pitié, Wanda ! De pitié. »

Elle me regarda et c'était de nouveau ce regard froid, impitoyable, ce sourire mauvais.

« Alors tu prétends qu'il ne m'aime pas, dit-elle avec sarcasme. Soit. Console-toi avec cette idée. » Puis de me tourner le dos avec dédain.

« Mon Dieu ! N'es-tu donc pas faite de chair et de sang, n'as-tu pas de cœur, comme moi ? m'écriai-je la poitrine soulevée de convulsions.

— Tu le sais bien, rétorqua-t-elle méchamment. Je suis une femme de pierre, Vénus à la fourrure, ton idéal ; alors, agenouille-toi et adore-moi.

— Wanda ! implorai-je, pitié ! »

Elle se mit à rire. J'enfouis mon visage dans ses coussins et laissai couler les larmes qui me délivraient de ma douleur.

Pendant longtemps, tout fut silencieux puis Wanda se redressa lentement.

« Tu m'ennuies, commença-t-elle.

— Wanda !

— Je suis fatiguée, laisse-moi dormir.

— Pitié, implorai-je, ne me rejette pas, aucun homme, personne ne t'aimera autant que moi.

— Laisse-moi dormir. » Elle me tourna le dos.

J'ai bondi, dégainé le poignard accroché au-dessus de son lit pour le poser sur ma poitrine.

« Je me tue sous tes yeux, murmurai-je sourdement.

— Fais ce que tu veux, répondit-elle avec une complète indifférence, mais laisse-moi dormir. » Elle bâilla bruyamment. « Je suis éreintée. »

Je suis resté figé un instant avant de me mettre à rire puis à pleurer haut et fort ; je finis par passer le poignard à ma ceinture puis à m'agenouiller devant elle.

« Wanda ! Écoute-moi, juste une minute, suppliai-je.

— Je veux dormir. Serais-tu sourd ? » cria-t-elle en colère. Elle sauta de sa couche puis me repoussa du pied. « Oublies-tu que je suis ta maîtresse ? » Et comme je ne faisais pas mine de bouger, elle agrippa le fouet et me cingla. Je me suis relevé – et j'ai reçu le second coup en plein visage.

« C'est un comble ! Esclave ! »

Les poings fermés tendus au ciel, subitement décidé, j'ai quitté sa chambre. Elle jeta le fouet de côté et partit d'un grand rire sonore – je peux bel et bien imaginer que ma sortie théâtrale a été du plus grand comique.

Résolu à m'arracher à cette femme sans cœur qui m'a traité avec une si grande cruauté et qui est en passe de me tromper – le salaire de mon adoration d'esclave ! Le salaire de tout ce qu'elle m'a fait endurer ! – j'emballe mes quelques effets dans un mouchoir et lui écris ces lignes :

« Madame,

« Je vous ai aimé comme un aliéné, je me suis abandonné à vous, comme jamais encore un homme ne s'était abandonné à une femme, mais vous avez abusé de mes sentiments les plus sacrés et emmené dans un jeu insolent et frivole. Tant que vous étiez cruelle et impitoyable, je pouvais encore vous aimer, mais vous voici à présent sur le point d'être vulgaire. Je ne suis plus l'esclave qui se laisse fouetter et rouer de coups. C'est vous-même qui m'avez affranchi et je quitte une femme pour qui je n'ai plus que haine et mépris.

« Séverin Kusiemski. »

Je donne ce billet à la Négresse et pars aussi vite que possible. J'arrive à la gare à bout de souffle, je sens une violente piqûre au cœur, je m'arrête… je commence à pleurer… Oh ! Quelle honte… je veux m'enfuir, mais n'y parviens pas. Je fais demi-tour – mais où aller ? Chez elle, que j'abhorre et adore à la fois.

Je reprends mes esprits. Je ne peux y retourner. Je ne dois pas y retourner.

Comment donc quitter Florence ? Il me souvient que je n'ai plus d'argent, pas le moindre sou. Alors à pied ; je préfère mendier que manger le pain d'une courtisane.

Mais impossible d'avancer.

Elle a ma parole, ma parole d'honneur. Je dois y retourner. Peut-être me libérera-t-elle de ce serment ?

Après quelques rapides enjambées, je m'arrête de nouveau.

Elle a ma parole d'honneur, j'ai fait le serment d'être son esclave aussi longtemps qu'elle le souhaitera, tant qu'elle ne me rendra pas la liberté ; mais je peux encore me tuer.

Je traverse les Cascines pour gagner l'Arno, tout en bas, là où les remous boueux lèchent de leurs éclaboussures monotones quelques saules esseulés – je m'assieds et tire le bilan de mon existence ; je passe toute ma vie en revue et la trouve vraiment pitoyable, quelques joies, beaucoup d'indifférence et de choses de peu, puis, surtout, des souffrances infinies, des douleurs, des craintes, des déceptions, des espoirs avortés, des chagrins, des soucis et des deuils.

J'ai songé à ma mère que j'ai tant aimée, emportée sous mes yeux par une terrible maladie, à mon frère, mort à la fleur de l'âge, si confiant en les joies et les jouissances de la vie où il n'a même pas trempé les lèvres. J'ai songé à ma défunte nourrice, à mes camarades d'enfance, à ces amis avec qui nous nous sommes efforcés d'étudier, à tous ceux-là, recouverts maintenant de terre froide, morte et indifférente ; j'ai songé à la tourterelle qui est venue plus d'une fois me faire sa révérence en roucoulant plutôt qu'à son mâle – tout est poussière et retourne à la poussière.

J'ai ri haut et fort en glissant sous l'eau – aussitôt, je me suis agrippé à une branche qui surplombait les flots jaunes et j'ai aperçu cette femme qui fit de moi un misérable : elle se tient devant moi, au-dessus du fleuve, irradiée par le soleil, transparente, des flammes rouges encerclant sa tête et son cou ; elle me présente son visage et sourit.

Me voici de retour, ruisselant, trempé jusqu'aux os, brûlant de honte et de fièvre. La Négresse lui a donné ma lettre. Je suis donc condamné, perdu, dans les mains d'une femme sans cœur et offensée.

Il faut donc qu'elle me tue ; moi, je n'y parviens pas, et pourtant… je ne veux pas vivre davantage.

Alors que je vais et viens dans la maison, elle se tient sur la galerie, appuyée à la balustrade, le visage dans la lumière radieuse du soleil, ses yeux verts étincelant.

« Tu es toujours vivant ? » demande-t-elle sans un geste.

Je reste coi, la tête rentrée.

« Rends-moi mon poignard, poursuit-elle, il ne te sert à rien, tu n'as même pas le courage de mettre fin à tes jours.

— Je ne l'ai plus », répondis-je, tremblant, grelottant sous l'effet du froid.

Elle me toise d'un regard fier et narquois.

« Tu l'as donc perdu dans l'Arno ? » Elle hausse les épaules. « Soit. Mais pourquoi n'es-tu pas parti ? »

Je maugréai quelque chose que ni elle ni moi ne pouvions comprendre.

« Ah ! Tu n'as pas d'argent, s'écria-t-elle, en voici. » Et elle me lança sa bourse d'un geste d'infini mépris.

Je ne l'ai pas ramassée.

Nous n'avons plus parlé pendant un certain temps.

« Tu ne veux donc point partir ?

— Je ne le puis. »

Wanda va aux Cascines sans moi, elle va au théâtre sans moi ; lorsqu'elle reçoit du monde, c'est la Négresse qui la sert. Personne ne s'enquiert de mon sort. J'erre dans le jardin, tel l'animal fidèle qui a perdu son maître.

Étendu dans les buissons, j'observe des moineaux qui se battent pour une graine.

J'entends le froufrou d'une robe de dame.

Wanda s'approche, vêtue d'une robe de soie sombre, fermée chastement jusqu'au dernier bouton, accompagnée du Grec. Ils discutent vivement, mais je ne peux entendre un seul mot. Il tape du pied, faisant s'envoler les graviers autour de lui, sa cravache siffle dans les airs. Wanda est effrayée.

Craint-elle qu'il ne la batte ?

En sont-ils déjà à cette extrémité ?

Il l'a quittée, elle l'appelle, il fait mine de ne pas l'entendre.

Wanda dodeline du chef avec tristesse et s'assied sur le plus proche banc de pierre ; elle y reste longtemps, absorbée dans ses pensées. Je la regarde avec une sorte de joie mauvaise ; je me fais violence pour recouvrer mes esprits et vais vers elle, affichant une mine sarcastique. Elle se lève brusquement et tremble de tout son corps.

« Je viens juste vous souhaiter bien du plaisir, dis-je en m'inclinant, je vois, Madame, que vous avez trouvé votre maître.

— Oui ! Dieu soit loué ! s'écria-t-elle, plus d'esclave, j'en ai eu assez : un maître. La femme a besoin d'un maître à adorer.

— Donc tu l'adores, Wanda ! m'emportai-je, cet homme brutal…

— Je l'aime comme jamais encore je n'ai aimé personne.

— Wanda ! » Je serrai les poings, mais déjà les larmes me montaient aux yeux et le vertige de la passion me saisissait, une douce folie. « Soit. Alors, choisis-le, épouse-le, il doit être ton maître, mais je veux rester ton esclave aussi longtemps que je vivrai.

— Tu veux être mon esclave ? Aujourd'hui encore ? dit-elle. Ce serait excitant, je crains cependant qu'il ne le souffre.

— Il ?

— Oui, il est déjà jaloux de toi, reprit-elle, lui… de toi ! Il a exigé que je te congédie sur-le-champ, et lorsque je lui ai révélé qui tu étais…

— Tu lui as donc dit… ai-je répété, stupéfait.

— Tout, je lui ai tout dit, expliqué toute notre histoire, toutes tes bizarreries, tout, et lui, au lieu de rire, il s'est mis en colère et a tapé du pied.

— Et t'a menacé de te battre ? »

Wanda regarda le sol et se tut.

« Oui, oui, dis-je avec une amère ironie, tu le crains, Wanda ! » Je me suis jeté à ses pieds pour enlacer ses genoux avec excitation. « Je ne veux rien de toi, rien, hormis rester pour toujours à tes côtés, être ton esclave ! Je veux être ton chien.

— Sais-tu que tu m'ennuies ? » dit-elle avec apathie.

D'un bond, je me suis relevé ; je bouillonnais.

« Voici que tu n'es plus cruelle, mais vulgaire, lançai-je en insistant âprement sur chaque mot.

— Tu l'as déjà écrit dans ta lettre, rétorqua Wanda en haussement fièrement les épaules, un homme d'esprit ne se répète jamais.

— Comment me traites-tu ? explosai-je, qu'est-ce donc ?

— Je pourrais te châtier, répondit-elle avec arrogance, mais cette fois, je préfère te répondre avec des arguments qu'avec des coups de fouet. Tu n'as pas le droit de m'accuser – n'ai-je pas toujours été honnête envers toi ? Ne t'ai-je pas mis en garde plus d'une fois ? Ne t'ai-je pas aimé de tout cœur et passionnément ? Et t'ai-je caché une seule fois qu'il était dangereux de s'abandonner à moi, de ramper à mes pieds ? T'ai-je tu que je voulais être dominée ? Mais toi, tu voulais être mon jouet, mon esclave ! Tu tirais les plus grandes jouissances des coups de pied et de fouet d'une femme cruelle et tyrannique. Que veux-tu donc à présent ? De dangereuses dispositions sommeillaient en moi, tu les as réveillées ; si je tire maintenant du plaisir à te torturer, à te maltraiter, tu en es le seul responsable – tu as fait de moi ce que je suis et voici que tu te montres assez lâche, faible et misérable pour m'adresser des reproches.

— Oui, je suis responsable, dis-je, mais n'ai-je pas suffisamment souffert ? Arrêtons là, mets fin à ce jeu cruel.

— Je le souhaite aussi, dit-elle avec un étrange regard dérobé.

— Wanda ! m'emportai-je, ne me pousse pas aux plus folles extrémités, vois-tu : je suis de nouveau un homme.

— Un feu de paille, cingla-t-elle, qui crépite quelques instants et qui s'éteint aussi vite qu'il a pris. Tu crois m'intimider alors que tu es ridicule. Aurais-tu été l'homme pour lequel je te tenais au début, sérieux, spirituel et sévère, alors je t'aurais aimé fidèlement et serais devenue ton épouse. La femme a besoin d'un époux sur lequel elle peut lever les yeux ; si, comme toi, il lui offre sa nuque pour qu'elle y pose son joug, elle en fera son jouet et le jettera quand elle en sera lassée.

— Essaye seulement de me jeter, dis-je en affectant un air hautain, il est des jouets qui sont dangereux.

— Ne me provoque pas ! » s'écria Wanda. Ses yeux se mirent à flamboyer, ses joues à rougir.

« Puisque je ne peux te posséder, poursuivis-je

la voix enrouée de colère, personne ne doit te posséder.

— De quelle pièce de théâtre tires-tu cette réplique ? ironisa-t-elle en me saisissant par le col, blême de colère, je ne suis pas cruelle, mais j'ignore moi-même jusqu'où je peux aller et s'il y a encore une frontière.

— Que pourrais-tu me faire de pire que de le prendre comme amant, comme époux ? répondis-je, toujours plus furieux.

— Je pourrais faire de toi son esclave, répondit-elle sèchement, n'es-tu pas sous mon pouvoir ? N'ai-je pas le contrat ? N'éprouverais-tu pas du plaisir si je te faisais ligoter et que je lui disais : “Faites-en ce que vous voulez” ?

— Femme ! Es-tu folle ? hurlai-je.

— Je suis très raisonnable, ajouta-t-elle calmement, je te mets en garde pour la dernière fois. N'essaie pas de me résister ; je suis allée tellement loin maintenant qu'il m'est aisé d'aller plus loin encore. J'éprouve une sorte de haine à ton égard, ce serait une grande joie que de te voir fouetté à mort par le Grec, mais pour l'instant, je me domine encore… pour l'instant… »

Incapable de me contenir davantage, je l'ai saisie par le poignet et l'ai jetée à terre de telle sorte qu'elle se retrouva à genoux devant moi.

« Séverin ! cria-t-elle, le visage tordu de colère et d'effroi.

— Je te tue, si tu l'épouses, la menaçai-je d'une voix sourde et enrouée, tu es mienne, je ne te laisserai pas faire, je t'aime trop. » Ce disant, je la pris dans mes bras, la serrai contre ma poitrine, et ma main droite saisit machinalement le poignard qui se trouvait encore passé à ma ceinture.

Wanda posa sur moi un long regard calme et mystérieux.

« C'est ainsi que tu me plais, dit-elle sereinement ; là, tu es un homme et je sais à cet instant que je t'aime encore.

— Wanda ! »

J'étais submergé de larmes de joie, je me penchai sur elle pour couvrir de baisers ce visage charmant quand elle partit soudain de son grand rire franc :

« En as-tu assez de ton idéal ? Es-tu content de moi ?

— Comment ? balbutiai-je, tu n'es pas sérieuse ?

— Le plus du monde, continua-t-elle d'un ton enjoué, je suis sérieuse quand je te dis que je t'aime, toi seul, et toi – tendre petit fol, tu n'as pas remarqué que tout ça n'était qu'un jeu et une farce – et comme il m'a été difficile de te donner du fouet alors que je voulais prendre ton visage et l'embrasser. Désormais, ça suffit, n'est-ce pas ? J'ai interprété mon cruel rôle au-delà de toutes tes attentes, maintenant, tu seras heureux d'épouser cette petite femme intelligente, pas trop laide non plus, n'est-ce pas ? Nous mènerons une vie raisonnable et…

— Tu seras mon épouse ! criai-je, submergé de félicité.

— Oui… ta femme… mon petit chéri », susurra Wanda en embrassant ma main.

Je la tirai contre ma poitrine.

« Maintenant, tu n'es plus Gregor, mon esclave, dit-elle, te voici redevenu mon cher Séverin, mon mari.

— Et lui ? ne l'aimes-tu pas ? demandai-je avec excitation.

— Comment as-tu pu croire que j'aimais cet homme brutal – mais tu étais complètement aveuglé… j'avais peur pour toi.

— J'étais sur le point de me suicider par ta faute.

— Vraiment ? Ah ! Je tremble encore à la pensée de te voir dans l'Arno…

— Mais c'est toi qui m'as sauvé, lui confiai-je, tu flottais au-dessus des flots en souriant – c'est ce sourire qui m'a ramené à la vie. »

J'ai un étrange sentiment alors que je la tiens dans mes bras, qu'elle repose sans un mot contre ma poitrine, qu'elle se laisse embrasser, ravie ; j'ai l'impression de revenir à la réalité après une fièvre délirante, d'être un naufragé qui touche la terre ferme, après avoir lutté des jours et des jours contre une forte mer menaçant à tout instant de l'engloutir.

« Je hais cette ville de Florence où tu as été si malheureux », me confia-t-elle alors que je lui souhaitais une bonne nuit. Je veux m'en aller immédiatement, dès demain ; tu auras la bonté d'écrire quelques courriers pour moi, et, tandis que tu seras occupé, j'irai en ville faire une tournée d'adieux. Es-tu d'accord ?

— Certainement, ma chère, bonne et belle femme. »

Le lendemain, elle frappa de bon matin à ma porte et me demanda si j'avais bien dormi. Sa gentillesse me charme au plus haut point – jamais je n'aurais pu imaginer qu'elle fût d'une telle douceur.

Voilà maintenant plus de quatre heures qu'elle est partie ; depuis longtemps, j'en ai fini avec le courrier, et, assis sur la galerie, je regarde si je n'aperçois pas au loin son fiacre arriver. J'ai un peu peur ; Dieu sait pourtant que je n'ai plus aucune raison de douter ou de la craindre – mais c'est là, ça pèse sur ma poitrine et je ne parviens à m'en défaire. Peut-être ne s'agit-il que des souffrances des jours passés qui continuent d'ombrager mon âme.

La voici, rayonnante de bonheur et de contentement.

« Tout s'est-il passé selon tes désirs ? demandai-je en baisant tendrement sa main.

— Oui, mon cœur, répondit-elle, et nous partons cette nuit. Aide-moi à faire mes bagages. »

Le soir venu, elle me prie de me rendre en personne à la poste pour m'occuper de sa correspondance. J'emprunte sa calèche et suis de retour une heure plus tard.

« La maîtresse vous a demandé, dit la Négresse avec un grand sourire tandis que je gravis le large escalier de marbre.

— Quelqu'un est-il venu ?

— Personne », répond-elle avant de s'accroupir sur les marches à la manière d'un chat noir.

Je traverse lentement la salle et arrive devant sa chambre à coucher.

Pourquoi mon cœur bat-il ainsi ? Je suis pourtant si heureux.

J'ouvre doucement, je repousse la porte. Allongée sur l'ottomane, Wanda ne semble pas me remarquer.

Qu'elle est belle dans cette robe de soie gris argent ! Comme elle met en valeur ses formes splendides ! Ses bras et sa gorge sont découverts, ses cheveux relevés et attachés avec un ruban de velours noir. Un grand feu crépite dans l'âtre qui inonde toute la chambre de sa lueur rouge sang.

« Wanda ! dis-je enfin.

— Oh ! Séverin, fait-elle avec joie, je t'ai attendu impatiemment. »

Elle se lève d'un bond et me serre dans ses bras ; elle se rassied sur les somptueux coussins et veut me tirer à elle – je glisse alors à ses pieds et pose ma tête dans son giron.

« Sais-tu qu'aujourd'hui je suis très amoureuse de toi ? murmure-t-elle en dégageant les quelques boucles qui tombent sur mon front et en baisant mes yeux. Qu'ils sont beaux ! C'est ce qui m'a toujours captivée le plus chez toi ; aujourd'hui, ils m'enivrent complètement. Je succombe. » Elle étire ses membres superbes et m'adresse de tendres œillades à travers ses cils roux. « Et toi, tu es froid, tu m'enlaces comme si j'étais un bout de bois ; attends un peu ! Je saurai bien te rendre de nouveau amoureux, s'écrie-t-elle en se pendant à nouveau à mes lèvres, câline et cajoleuse. Je ne te plais plus, je dois être une fois encore cruelle envers toi, de toute évidence, je suis trop bonne aujourd'hui : sais-tu quoi, petit fou ? Je vais te fouetter un peu…

— Mais…

— Je le veux.

— Wanda !

— Viens, laisse-toi attacher, poursuivit-elle en sautant gaiement dans la chambre, je veux te voir tout à fait amoureux, comprends-tu ? Voici les cordes. Suis-je encore capable de m'en servir… »

Elle commença à me lier les pieds, puis à m'attacher solidement les mains dans le dos pour enfin me ligoter les bras comme si j'étais un vaurien.

« Alors, dit-elle avec un enthousiasme joyeux, peux-tu encore bouger ?

— Non.

— Bien… »

Elle fit un collet d'une épaisse corde, me la passa autour du cou et la laissa glisser jusqu'à mes hanches – elle serra de toutes ses forces et m'attacha à une colonne.

J'ai été parcouru à cet instant d'un étrange frisson.

« J'ai le sentiment d'être un condamné, fis-je à mi-voix.

— Aujourd'hui, tu dois être fouetté dans les règles, s'écria Wanda.

— Mais enfile ta veste de fourrure, dis-je. Je t'en prie.

— Je peux bien te faire ce plaisir », répondit-elle en allant chercher sa kazabaïka avec un large sourire.

Les bras croisés sur la poitrine et m'observant de ses yeux mi-clos, elle se tenait devant moi.

« Connais-tu l'histoire du taureau de Denys ? demanda-t-elle.

— Ça me dit vaguement quelque chose – de quoi s'agit-il ?

— Un courtisan inventa pour le tyran de Syracuse un nouvel instrument de torture ; un taureau d'airain où l'on enfermait le condamné à mort. On plaçait ensuite le taureau sur un grand feu. Lorsque le taureau d'airain commencer à chauffer à blanc et que le supplicié se mettait à hurler de douleur, alors ses gémissements rappelaient le beuglement d'un taureau. Denys adressa à l'inventeur un sourire bienveillant et le fit enfermer en premier dans le taureau d'airain afin d'expérimenter son œuvre. Cette histoire est riche d'enseignements. C'est toi qui m'as inculqué l'égoïsme, la malice, la cruauté et tu dois en être la première victime. À vrai dire, je trouve plaisant d'avoir en mon pouvoir et de maltraiter un être humain qui pense, ressent et fait des choix, comme moi, un homme plus fort que moi, spirituellement et physiquement, et, plus que tout, un homme qui m'aime. M'aimes-tu encore ?

— À la folie ! m'écriai-je.

— C'est d'autant mieux, répondit-elle, tu n'éprouveras que plus de plaisir à ce que je t'ai préparé.

— Qu'as-tu ? demandai-je, je ne te comprends pas. Aujourd'hui, la cruauté embrase tout ton regard, ta beauté est étrange… à l'identique de la Vénus à la fourrure. »

Sans me répondre, Wanda me passa les bras autour du cou et m'embrassa. À cet instant, je fus submergé par tout le fanatisme de ma passion.

« Où est le fouet ? » fis-je.

Wanda rit et recula de deux pas.

« Tu veux donc vraiment être fouetté ? fit-elle en rejetant sa tête en arrière avec arrogance.

— Oui. »

Soudain, le visage de Wanda se métamorphosa complètement, comme défiguré par la colère – je l'ai même trouvée hideuse.

« Alors, fouettez-le », cria-t-elle.

Le beau Grec passa aussitôt sa tête aux boucles noires à travers les rideaux du lit à baldaquin. Je fus d'abord muet, pétrifié. La situation était atrocement comique ; j'aurais pu en rire moi-même si elle ne m'était pas en même temps si désespérément triste et honteuse.

Ça dépassait tout ce que j'avais pu imaginer. J'en avais froid dans le dos. Mon rival s'approcha, chaussé de bottes de cavalier, vêtu d'un pantalon blanc moulant et d'une courte veste de velours ; je posai les yeux sur sa carrure athlétique.

« Vous êtes vraiment cruelle, dit-il en se tournant vers Wanda.

— Juste à la recherche de jouissance, répondit-elle avec un humour féroce. La jouissance à elle seule confère de la valeur à l'existence ; celui qui jouit quitte à regret cette vie, celui qui souffre ou subit salue la mort comme une amie. Qui veut jouir doit prendre la vie légèrement, à la manière des anciens ; il ne doit pas craindre de festoyer aux dépens des autres, il ne doit jamais avoir de pitié, il doit atteler les autres à sa calèche, à sa charrue comme s'ils étaient des animaux. Il doit faire des hommes qui ressentent et qui aspirent à la jouissance, comme lui, ses esclaves, les utiliser à son service, pour le combler de joie, sans remords, sans se demander s'ils s'en trouvent bien ou s'ils en sont anéantis. Il doit ne jamais perdre de vue la chose suivante : “S'ils m'avaient entre leurs mains, comme je les ai entre les miennes, ils me feraient la même chose et je devrais payer leurs plaisirs de ma sueur, de mon sang et de mon âme.” C'est ainsi qu'était le monde antique : jouissance et cruauté, liberté et esclavage allaient ensemble, main dans la main. Ceux qui voulaient vivre à la manière des dieux de l'Olympe devaient avoir des esclaves qu'ils jetaient dans leurs viviers et des gladiateurs qu'ils faisaient s'affronter au cours des banquets – qu'importât que l'on fût éclaboussé de quelques gouttes de sang. »

Ses paroles me ramenèrent complètement à la raison.

« Détache-moi ! criai-je en furie.

— N'êtes-vous pas mon esclave, ma propriété ? rétorqua Wanda. Dois-je vous montrer le contrat ?

— Détache-moi ! menaçai-je, sans quoi… »

Je tirai sur les cordes.

« Peut-il se détacher ? demanda-t-elle. Il a menacé de me tuer…

— Ne vous en faites pas, fit le Grec en examinant mes liens.

— J'appelle à l'aide ! repris-je de plus belle.

— Personne ne vous entendra, dit Wanda, personne ne m'empêchera d'abuser une fois de plus de vos sentiments les plus sacrés ni de jouer avec vous à ce jeu frivole, continua-t-elle en reprenant les termes de ma lettre avec une ironie satanique. Me trouvez-vous pour l'instant cruelle et impitoyable, ou bien suis-je sur le point de céder à la vulgarité ? Alors ? M'aimez-vous encore ou bien me haïssez-vous et me méprisez-vous déjà ? Voici le fouet. »

Elle le tendit au Grec qui s'approcha prestement de moi.

« Ne vous approchez pas ! criai-je, tremblant d'indignation. De vous, je ne tolérerai rien.

— Vous dites ça parce que je ne porte pas de

fourrure, ironisa le Grec d'un sourire frivole en s'emparant de sa courte veste de zibeline sur le lit.

— Vous êtes à croquer, s'enthousiasma Wanda qui lui fit un baiser et l'aida à enfiler son habit.

— Suis-je vraiment autorisé à le fouetter ? s'enquit-il.

— Faites-en ce que vous voulez, répondit Wanda.

— Brute épaisse ! » m'emportai-je sauvagement.

Le Grec me jaugea de son froid regard de tigre et s'essaya au fouet : il banda ses muscles, leva le fouet et le fit claquer dans les airs – j'étais ligoté tel Marsyas[1] forcé de voir comment Apollon s'apprêtait à m'écorcher vif.

Mon regard errait dans la pièce et fixa le plafond où Samson gisait aux pieds de Dalila tandis que les Philistins lui crevaient les yeux. En cet instant, la peinture me fit l'effet d'un symbole ; la parabole éternelle de la passion, de la volupté, de l'amour de la femme envers l'homme. « Chacun de nous termine comme Samson, pensai-je, et sera bel et bien trompé par la femme qu'il aime, qu'elle porte un tablier de toile ou une veste de zibeline. »

« Regardez plutôt comment je vais vous dresser », dit le Grec

Il retroussa les babines et son visage prit une expression sanguinaire qui m'avait effrayé à notre première rencontre.

Puis il se mit à me fouetter – si impitoyablement, si redoutablement que je tressautais à chaque coup et que je commençai à trembler de tout mon corps sous la douleur ; les larmes roulaient sur mes joues tandis

---

1. Voir note 1, p. 150.

que Wanda restait étendue sur l'ottomane dans sa veste de fourrure. Accoudée sur le bras, elle dévorait la scène avec une curiosité morbide – elle était hilare.

Je ne peux décrire le sentiment qui m'a envahi d'être maltraité ainsi par l'heureux rival, sous les yeux de la femme adorée ; j'en péris de honte et de désespoir.

Le plus abject de ma déplorable situation est que je ressentis sous le fouet d'Apollon et le rire cruel de ma Vénus une manière d'excitation fantastique et suprasensuelle. Mais, de son fouet, Apollon mit fin à toute poésie ; coup après coup, je serrais les dents en proie à une impuissante colère et me mis à me maudire moi-même, à maudire mon imagination voluptueuse, les femmes et l'amour.

Avec une extraordinaire clairvoyance, je réalisai soudain où la passion aveugle et la volupté ont conduit l'homme depuis Holopherne[1] et Agamemnon[2] : dans les rets, dans les filets des femmes traîtresses – elles l'ont conduit à la misère, à l'esclavage et à la mort.

C'était comme si je sortais d'un songe.

Mon sang coulait sous le fouet, je me tordais comme un ver que l'on piétine, mais il continuait à fouetter sans pitié tandis qu'elle bouclait les malles, qu'elle enfilait sa fourrure pour le voyage ; elle riait encore en descendant les escaliers à son bras puis en montant dans la calèche.

---

1. Voir note 2, p. 29, Holopherne, ensorcelé par la belle Judith, sera décapité par elle, sa vigilance ayant été endormie par son attirance pour la jeune femme.

2. Agamemnon est un héros grec, figure de la guerre de Troie, qui finit assassiné par sa femme (ou par son amant, selon les versions).

Puis il y eut un moment de silence.

J'ai retenu ma respiration pour mieux écouter.

Les portières claquent, les chevaux se mettent en marche, on entend la calèche rouler, puis tout était fini.

J'ai pensé un instant à me venger, à le tuer, mais j'étais lié par ce contrat misérable ; je n'avais d'autre choix que de tenir ma parole et de serrer les dents.

Vivre dans la peine, les dangers et les privations, c'est la première chose que j'ai voulue après avoir vécu cette cruelle catastrophe. J'ai d'abord souhaité devenir soldat et partir pour l'Asie ou l'Algérie, mais mon père âgé et malade me fit réclamer à ses côtés.

C'est ainsi que je suis retourné dans mon pays natal et que je l'ai aidé deux ans durant à supporter ses douleurs et à gouverner nos affaires. J'y ai appris quelque chose qui m'était inconnu jusqu'alors et qui m'a rafraîchi comme une gorgée d'eau claire : travailler et remplir mes devoirs.

À sa mort, je suis devenu à mon tour propriétaire terrien sans que ça changeât quoi que ce soit. J'ai chaussé ses bottes espagnoles et continue de vivre dans la mesure et la raison comme s'il se trouvait derrière moi et qu'il regardait par-dessus mes épaules de ses grands yeux vifs.

Un beau jour est arrivé un colis accompagné d'une lettre. J'ai reconnu l'écriture de Wanda.

Étrangement ému, je l'ai ouverte et lue.

« Monsieur,

« Maintenant que plus de trois années se sont écoulées depuis cette nuit de Florence, je peux vous avouer une fois encore que je vous ai beaucoup aimé ; c'est vous-même, votre abandon abracadabrant et votre passion insensée qui avez flétri mes sentiments. À compter du moment où vous êtes devenu mon esclave, j'ai réalisé que jamais vous ne pourriez devenir mon époux – j'ai cependant trouvé piquant d'incarner votre idéal et de vous en guérir peut-être tout en m'amusant divinement.

« J'ai trouvé l'homme fort qu'il me fallait et qui m'a rendue aussi heureuse que l'on puisse l'être sur cette étrange boule de glaise.

« Mais mon bonheur a été de courte durée, comme tout ce qui vit ici-bas. Voilà environ un an qu'il a été tué au cours d'un duel et que je vis à Paris telle une Aspasie[1].

« Et vous ? Votre existence ne doit point manquer de soleil si vous n'êtes plus sous l'emprise de votre imagination et que vous avez renoué avec ces qualités qui m'ont tant attirée au début ; clairvoyance de l'esprit, bonté d'âme, et surtout, la rigueur de la vertu.

« J'espère que mes coups de fouet vous ont guéri ; la cure fut cruelle, mais radicale. En souvenir d'une époque révolue et d'une femme qui vous a passionnément aimé, je vous fais parvenir la peinture du pauvre Allemand, *Vénus à la fourrure*. »

Je n'ai pu retenir un sourire, et tandis que je sombrais dans mes pensées, cette belle femme est

1. Voir note 3, p. 35.

apparue debout devant moi, dans sa veste de velours bordée d'hermine, armée de son fouet ; je souriais encore à l'idée de cette femme que j'avais aimée si déraisonnablement, de la veste de fourrure qui m'avait jadis tant attiré, à l'idée du fouet et des douleurs – c'est alors que je me suis dit : La cure était cruelle, certes, mais radicale – je suis guéri et c'est là l'essentiel.

« Et quelle est la morale de cette histoire ? demandai-je à Séverin en reposant le manuscrit sur la table.

— Que j'étais un âne », s'écria-t-il, sans même se tourner vers moi. Il paraissait embarrassé. « Si seulement je l'avais fouettée !

— Étrange remède, répondis-je, il se peut que chez tes paysannes…

— Oh ! Elles y sont habituées, rétorqua-t-il vivement, mais pense à l'effet produit sur nos dames raffinées, sanguines et hystériques…

— Mais la morale ?

— C'est que la femme, telle qu'elle a été créée par la nature et telle qu'elle attire l'homme actuel, ne peut être que son ennemie, son esclave ou sa despote, mais jamais sa compagne. Elle ne pourra l'être que lorsqu'elle sera son égale en droit, lorsqu'elle sera son égale par l'éducation et le travail. Pour l'heure, nous n'avons que le choix d'être l'enclume ou le marteau et j'ai été un âne en me faisant l'esclave d'une femme, tu comprends ?

« D'où la morale de cette histoire : qui se laisse fouetter a mérité de l'être.

« Comme tu le vois, les coups m'ont réussi ; le brouillard rose suprasensuel qui m'enveloppait s'est dissipé, et plus personne ne me fera prendre pour une image de Dieu les singes sacrés de Bénarès[1] ni le coq de Platon[2]. »

---

1. En Inde, les singes – entre autres – sont des animaux sacrés, et font l'objet d'un culte très répandu. C'est donc avec une ironie et une moquerie non feintes qu'Arthur Schopenhauer (1788-1860) désigne ainsi les membres du beau sexe dans son *Essai sur les femmes*.

2. Platon ayant défini l'homme comme étant un animal bipède et sans plumes, son disciple Diogène apporte un jour dans son école un coq plumé et dit : « Voici l'homme de Platon. »

Composé par Nord Compo
à Villeneuve-d'Ascq (Nord)

Imprimé en France par

MAURY IMPRIMEUR
à Malesherbes (Loiret)
en juin 2014

POCKET – 12, avenue d'Italie – 75627 Paris Cedex 13

N° d'impression : 190543
Dépôt légal : novembre 2013
Suite du premier tirage : juin 2014
S24068/02